Y Gongol Felys

Meinir Pierce Jones

Argraffiad Cyntaf – 2005

ISBN 1 84323 522 6

ⓗ Meinir Pierce Jones

Mae Meinir Pierce Jones wedi datgan ei hawl dan
Ddeddf Hawlfraint, Dyluniadau a Phatentau 1988
i gael ei chydnabod fel awdur y llyfr hwn.

Dymuna'r cyhoeddwyr gydnabod cymorth
Adrannau Cyngor Llyfrau Cymru.

Argraffwyd gan
Wasg Gomer, Llandysul, Ceredigion, Cymru SA44 4JL

I
Geraint

Hoffwn ddiolch yn fawr iawn i bawb a fu'n gefn i mi sgwennu hon. Diolch yn arbennig i Mam am ei darllen fesul pennod, a gofyn am fwy. Diolch cynnes hefyd i Emily Huws a Mairwen Prys Jones am ei darllen a gwneud sylwadau gwerthfawr ac am roi hyder i mi fynd yn ôl ati, torchi fy llewys, ac ailafael. Hoffwn ddiolch hefyd i Bethan Mair yng Ngwasg Gomer am ei brwdfrydedd a'i chefnogaeth ac i Dewi Morris Jones, Cyngor Llyfrau Cymru, am waith nodweddiadol drylwyr a geiriau caredig.

Prolog

Edith Morwenna Williams yw f'enw i, ac yr wyf yn bedair ar ddeg oed. Heddiw y mae fy mhen blwydd yn bedair ar ddeg. Y dyddiad yw Mehefin 28, 1914. Nid oes neb yma'n gwneud unrhyw dwrw bach na mawr am ben blwydd, yn enwedig gan ei bod hi'n dywydd braf a ninnau'n hwylio i gario gwair yfory. Yr wyf wedi darllen mewn llyfrau am genod yn cael presant a chacen a chardiau pen blwydd. Dim ots gen i nad ydw i'n cael dim byd. Ond allwn i ddim peidio â meddwl tybed oedd y dyddiad heddiw wedi codi hiraeth ar Tomi ni.

Yr oedd Tada wedi gyrru llythyr wedi'i bostio yn Rotterdam a gyrhaeddodd ddydd Gwener, ac yr oedd pres ynddo fo, hanner coron i mi gael rhywbeth pan awn i a Margret i'r dre efo'r frêc ddydd Iau. Ond mi brynais i gopi bwc efo'r arian yn y Post yn Llanfair heddiw 'ma ac yn hwnnw yr wyf i'n ysgrifennu rŵan. Mae gennyf ddigon o newid hefyd.

Hon fydd mordaith ola Tada (y mae o wedi addo i ni'n ddi-ffael) a fuasai o ddim wedi mynd ar hon heblaw i'r cwmni yrru teligram yn crefu arno fo i fynd, am fod Captan Morus, Amlwch, wedi'i daro'n wael.

Mi brynais i'r llyfr yma er mwyn ysgrifennu'r hanes am bob dim sydd wedi digwydd yma. Mae 'na rai sy'n gwybod rhywfaint, Margret yn un, a Bodo Gwen. Mae yna rai eraill fel Edwart Dafis a Seus y gwas bach a Dorti sy'n gwybod tipyn hefyd, ond fi fy hun yw'r unig un ŵyr bopeth a ddigwyddodd yma yn y Gongol Felys yng ngwanwyn 1912.

Ond mae'n rhaid i mi roi'r cyfan yn rhywle heblaw fy meddwl achos y mae o'n pwyso'n drwm arna i. Mi fydda i'n mynd i 'ngwely ac yn cysgu ar f'union am fy mod i wedi blino. Ond wedyn yn deffro gefn trymadd nos yn chwys gwan drosta i. Yn y dechrau, mi fyddwn i'n mynd drwy'r tywyllwch i lofft Margret ac yn swatio efo hi a 'mraich am ei chanol hi'n dynn. Ond yr wyf wedi mynd yn hogan rhy fawr i hynny erbyn hyn. Mi fuasai hi'n teimlo fy mronnau i sydd wedi tyfu'n pwyso ar ei chefn, ac ella y buasai hi'n gweld gwaed ar y gynfas adag pobol ddiarth. Felly dwyf i ddim yn mynd at Margret ond yn aros yma'n disgwyl iddi wawrio ac i mi glywed ceiliog Llain yn dechrau clochdar ac Edwart Dafis a Seus yn codi i fynd at eu gwaith. Weithiau mi gysga i yn f'ôl yr adag hynny.

Yr wyf yn fy ngweld fy hun yn sefyll mewn cae glas (ond nid un o gaeau'r Gongol Felys; y mae hwn yn gae mawr fel môr) ac yn tynnu amdana. I ddechrau, rwy'n datod y plethi sydd mor dynn am fy mhen, a'u chwalu nes bod y tresi'n nofio yn y gwynt a finnau'n teimlo 'mod i am godi 'hediad. Wedyn, rwy'n mynd ati i ddadgordeddu'r haen ar haen o ddillad budron, drewllyd sydd wedi eu rhwymo amdana i ac yn dal ar fy ngwynt. Maent wedi glynu yn fy nghroen a bwyta i 'nghnawd. Ond mae'n anodd oherwydd yr wyf wedi cnoi bob un o 'ngwinedd i groen y baw. Mae'n artaith i dynnu pob cerpyn rhacs achos does dim posib dweud ble mae'r brethyn yn darfod a'r croen yn dechrau. Mae'r boen yn gwneud i'n llygadau i ddyfrio.

Ar ôl i mi blicio bob tameidyn yn ara bach, y mae 'nghorff i'n rhydd. Yr wyf yn syllu ar y doluriau gwlyb a'r cleisiau ac yn meddwl mor ffiaidd ydw i. Ond nid oes neb yma i'm gweld heblaw yr haul sy'n gwneud i'r briwiau gosi a chrachenu. Mae arna i flys eu crafu. Ond yn lle hynny yr wyf yn agor fy mreichiau ar led ac yn sefyll yno'n rhydd ac yn ddihangol o'r diwadd.

1

Yr wyf yn mynd i ddweud yr hanes i gyd o'r dechrau. Mi fydd yn haws i mi weld y cwbwl a ddigwyddodd yn gyfan felly. Ac mi fydd yn haws cau pen y mwdwl ar ôl darfod.

Enw Tada yw Capten John Samuel Williams ac y mae o'n bum deg a phedair oed. Mae hynny'n reit hen i fod yn dad i ferch bedair ar ddeg, ond mae Margret (20) a Tomi (17) yn hŷn na fi o dipyn. Mi fyddai Bodo Gwen yn dweud mai *autumn tulip* ydw i. Pan ofynnais i Tada beth oedd hynny'n ei feddwl, mi chwarddodd nes yr oedd yn rhaid iddo blygu a gafael yn ei fol. Yr oedd arna i ofn y basai fo'n taflu i fyny dros bob man.

Tada oedd yr hynaf o ddau fab y Gongol Felys. Dewyrth Ifan oedd y llall ac fo oedd yn ffarmio yma. Mi lladdwyd o cyn fy ngeni pan redodd stalwyn yr oedd o wrthi'n ei dorri, a'i daflu fo. Torri ei wddw ddaru o, yr wyf wedi clywed y stori gymaint o weithiau. Yr oedd ei fam o, fy nain i, yn fyw yr adeg honno, ac mi fydd Bodo Gwen yn dweud mor sobor oedd hi arni'n gorfod claddu un mab, a'r llall i ffwrdd ar y môr a dim modd cael gafael arno fo i ddŵad adra. Ar ôl i Tada ddŵad adra, 1893 oedd hi, mi drion nhw bob ffordd fynd dros ei ben i roi'r gorau i'r môr. Ond methu ddaru nhw – yr oedd yr heli yn ei waed. Yr oedd o newydd briodi y flwyddyn cynt, ac yr oedd Mam a Margret wedi byw ers hynny efo Dewyrth Ifan a Nain. Ond mae'n siŵr bod pethau wedi bod yn reit dynn rhyngddynt ar ôl y ddamwain yn ôl Bodo Gwen achos cyn pen rhyw dri mis, mi aeth Mam a Margret ar eu mordaith gyntaf efo Tada ac mi ddaeth Bodo Gwen, chwaer fenga Nain, yma i'r Gongol i gadw cwmpeini i Nain. Gwraig weddw oedd hi, wedi claddu ei gŵr yn ifanc.

Enw Mam oedd Susannah Mary Williams (Griffiths cyn iddi briodi). Merch fenga stiward y Chwarel Bella oedd hi. Mr Evan Gwynfryn Griffiths (a Mrs Evan Gwynfryn Griffiths, wrth gwrs, neu Nan-nan i ni). Pan oedd hi tua'r un oed â finnau rŵan, mi gafodd Mam le fel gwniadwraig dan hyfforddiant yn siop Betty Ellis yn y dre. Bydd Bodo Gwen yn dweud mai syniad Mam oedd hyn a bod ei mam a'i thad o'u coua efo hi. Yr oedd sôn y byddai ysgol eilradd yn agor yn y dre ymhen blwyddyn ac yr oedden nhw eisio iddi aros yn 'r ysgol bach a sefyll arholiad y *Scholarship* er y byddai hi'n hŷn o lawer na'r lleill, ond wnâi hi ddim, a wela i ddim mymryn o fai arni. Yr oedd hi'n un ofnadwy o dda ei llaw, ac mi gafodd hi ddysgu ei chrefft yn y siop. Mae Margret wedi cadw lot o'r dillad babis wnaeth hi i ni. Mae yna *embroidery* arnynt, a phwytha mân mân, ddigon o sioe. Ar ôl iddi eu gorffen mi fydda hi'n rhoi ei *hinitials* – SMW – arnyn nhw fel artist. Mi euthum i i nôl benthyg rhai ohonyn nhw o'r drôr i'w rhoi am y tedi unwaith, ac mi ges i row gin Margret nes 'mod i'n tincian. Mi wnaeth hi rai 'i hun i mi wedyn efo hen sach flawd – pethau hyll oeddan nhw hefyd.

Yr wyf wedi estyn y llun o Tada a Mam oddi ar silff y seidbôrd mahogani ddaeth Tada yn bresant i Mam o New York ar ôl iddyn nhw briodi. Mae o'n sefyll yn ei iwnifform efo'i gap pig (yr oedd o newydd gael ei godi'n gapten ar y *Welsh Lady*), a dim ond mwstásh sydd ganddo fo (erbyn hyn mae ganddo fo locsyn mawr a streips gwyn ynddo fo). Does dim gwên ar ei wyneb o, er ei fod o siŵr o fod yn hapus, ond dydach chi ddim i fod i wenu i gael tynnu. Ond mae Mam sy'n eistedd ar y gadair o'i flaen mewn ffrog sidan laes efo gwddw uchel a phatrwm V mewn lliw golau arni, ac andros o het efo ffansi ffrils, yn gwenu hynny a fedr hi. Ysgwn i oedd y dyn tynnu lluniau'n sdowt efo hi ac yn ei gweld hi'n un wirion? Yr un oed â Margret rŵan oedd hi yn y llun yma. Gwallt tywyll, crychiog wedi'i glymu tu ôl i'w phen sydd ganddi (fel Margret), llygaid tywyll (fel fi) a dannedd gwyn, gwastad (fel Tomi). Mae'r llun wedi melynu rownd yr ymla, wedi tampio mae'n beryg, ond mae ffrog a het Mam yn dal i edrych fel newydd.

2

Ni thâl hi ddim i mi lyffanta gormod yn y dechrau fel hyn neu mi fydd wedi mynd o gynhaea gwair i gynhaea ŷd cyn i mi gynhesu iddi. Ond mae'n rhaid i mi fynd dros beth ddigwyddodd i Mam achos, yn fy meddwl i beth bynnag, dyna lle y dechreuodd bob dim fynd o chwith er ei fod o amser pell yn ôl erbyn hyn a thu hwnt i 'ngho i. Dwy oed oeddwn i ar y pryd, a hon oedd y fordaith ola i fod cyn i Mam setlo yma (yr oedd Nain yn orweiddiog erbyn hynny, ac yn hwylio i farw) ac i Margret a Tomi ddechrau yn yr ysgol.

Yr oedd y brìg *Queen of Gwynedd* wedi croesi'r Atlantig ac yna'n ôl o Indian Tickle yn Labrador efo llwyth o bysgod hallt gan lanio'n gyntaf yn Gibraltar, ac wedyn yn Villanueva a Naples cyn hwylio ymlaen i Messina yn Sisili i lwytho orenjis a lemons. Ia, dyna fel yr oedd hi. Docio yno am ddyddiau tra oedden nhw'n llwytho dow dow yn y gwres. Mae Margret yn cofio mynd i'r lan yno a chael te mewn rhyw westy crand a phobol lliw jocled yn tendiad arnyn nhw. A chofio cael ei llusgo rownd rhyw hen adfeilion mewn gwres mawr.

Yr ydan ni wedi gorffan llwytho ac mae'r First Mêt wedi rhoi gordors i agor yr hwyliau uchaf a pharatoi'r brif hwyl. Ben bore mae'r *Queen of Gwynedd* yn hwylio tua'r gogledd o dan frisyn cryf o'r de-orllewin. Am Lundain yr ydym yn anelu. Mae'r Ail Fêt yn dweud mai'r amser byrra y mae o'n cofio gwneud y daith yma yw 9 *days* yn 1892. Mae hi'n boeth ac yn glòs yn yr howld ac mae Mam yn llenwi bath i ni ar y dec, hen gelwrn mawr sy'n cael ei droi at gadw rhwydi weithiau. Yr ydan ni'n tri'n sblashio ynddo fo, y naill ar ôl y llall. Mae Tada wedi cadw rhai o'r orenjis oedd mewn bocs dorrodd ac mae o'n plicio un bob un i ni. Mae'r jiws yn rhedag i lawr ochrau'n cegau ni ac yr wyf yn gwichian 'Eto olainj! Eto olainj!'

Darlun Margret yw hwnna ond fy mod wedi cymryd ei fenthyg, gan mod i'n rhy ifanc i gofio dim. Dros y blynyddoedd y mae Tada a Tomi a phob un o'r criw yr wyf wedi dod ar eu traws wedi llenwi ato fo. Sôn am fel y bu i Mam fagu gwres mawr ar y trydydd diwrnod ar ôl gadael tir a gorfod mynd i'w gwely, a'i bod yn taflu i fyny dros bob man er nad oedd hi ddim yn foriog o gwbwl. Amdani'n crynu drosti er bod y gwres dros 90 *centigrade*. Twymyn oedd yn gwneud hynny.

Mi aeth rhai o'r hogiau â Margret a Tomi i lawr i'r ffocs'l, a'u cadw'n ddiddig yn eu dysgu sut i wneud gwahanol glymau efo rhaff a sut i wneud mat rhaff. Ond 'd awn i'r un cam o'r fan. Mi arhosais yn fanno yn y llofft gyfyng efo Mam. Yr oedd Tada a'r Cwc, Gwyddel o'r enw Ned Murphy, wedi gweld *yellow fever* ar longwrs sawl gwaith o'r blaen ac fel arfer mi fydden nhw'n troi at wella ar ôl y trydydd neu'r pedwerydd diwrnod. Ond yr oedden nhw wedi dal sylw fod gwedd Mam wedi dechrau mynd yn felynllyd (fel yr enw) a gwanio, gwanio yr oedd hi er treio bob dim, ac erbyn y diwadd fedra hi ddim hyd yn oed yfed gylfiniad o ddŵr glân. (Mi gymerais arnaf fy hun i holi Dr Richards, Bodnant, y llynedd pan euthum i'w weld i gael ffisig at ddolur gwddw, ac mi ddywedodd o mai'r clefyd oedd siŵr o fod wedi effeithio ar yr arennau ('kidneys' meddai fo) a'r iau, a mwy na thebyg mai'r rheswm oedd nad oedd ganddi'r un pwt o resistans iddo fo.)

Ac mi claddwyd hi yn y môr. Yr oedd taith dyddiau i'w chario'n ôl yma a'r tywydd yn digwydd bod yn felltigedig o boeth heb fawr ddim awel. Ychydig iawn fydd Tada yn sôn am ei brofedigaeth ond mi clywais o'n dweud wrth Robert Morus ei gefnder un tro mai dyna'r unig waith tra bu o ar y môr iddo dorri'r *pledge*. Mae'n siŵr mai'r First Mêt oedd ar watch y noson honno. Mi yrrwyd Dei bach 'Rynys atom ni i'n cadw ni'n ddistaw yn ystod y gwasanaeth cnebrwn (fel y mae'n mynnu f'atgoffa bob tro y byddaf yn ei weld), ac estynnwyd mwy o orenjis o'r bocs oedd wedi torri.

Mae'n rhaid i mi adael Mam yn y fan yna, ar wely Môr y Canoldir, er 'mod i'n cael fy nhynnu'n ôl o hyd fel petai yna ryw hen drobwll mawr yn tynnu. Fedra i ddim cofio ei llais na'i gwynab hi. Pan oeddwn i'n llai mi fyddwn yn dringo i mewn i'r cwpwrdd mawr lle mae ei chotiau gaeaf hi'n dal i hongian ac yn eu snwffian nhw i drio'i dal hi felly, ond ogla *moth balls* gawn i bob gafael.

Mi fydda i weithiau'n gallu gwneud rhyw lun ohoni yn fy mhen o hen *photographs* ac o'r holl storïau sydd wedi cael eu hadrodd amdani fel paderau ar yr aelwyd yma. Mi fydda i'n cau'n llygada wedyn ac yn ewyllysio iddi siarad efo mi, ac edrych arna i a gafael amdana i. Ond er treio fy ngorau ni fedraf mo'i gynnal yn ddigon hir i deimlo ei chynhesrwydd yn agos ata i. Ac unwaith yr wyf i'n troi'n sylw am ddarn o eiliad, mae hi'n mynd yn ei hôl i'r llun, yn fflat ac yn ddu a gwyn.

Yr wyf wedi blino rŵan, ar ôl ysgrifennu hynna, ac ni fedraf ddim dal ati. Mae fy llaw wedi mynd i frifo. Mi rof y llun yn ôl ar seidbord New York yn stydi Tada ac ailddechrau yfory.

3

Ar ôl i Mam farw, aeth Tada yn ei ôl i'r môr ar ei union. Ond mae'n siŵr mai ar deithiau byr o gwmpas y glannau yma yr âi o yn bennaf – *home trade*, fel y byddan nhw'n dweud. Caerdydd, Corc, Lerpwl, Abertawe, Newcastle, Southampton, Dieppe, Llundain a Hamburg. Ni fuodd o ddim rownd yr Horn, rwy'n berffaith siŵr o hynny, nac i Brisbane na Philadelphia na Mauritius na Valparaiso nac unlle felly achos y mae taith i'r parthau pell yn gallu para misoedd ar fisoedd. A pha 'run bynnag, mae gen i luniau ohono yn fy mhen ar wahanol adegau trwy'r blynyddoedd pan oeddwn i'n prifio. Ar 'Ddolig, adeg codi tatw, y diwrnod yr aeth o i weld Mistar Cunningham i'r ysgol ar ôl i Tomi fod yn chwarae triwant, ac yn mynd â ni i'r Abermo ar y trên efo trip yr Ysgol Sul. Weithiau byddai adref am wythnosau, ddwy neu dair tra bod y llong yn cael ei thrwsio ar ôl difrod stormydd neu gargo'n cael ei lwytho.

Ond does yna ddim elfen ffarmwr yn Tada (fel rwyf wedi clywed Edwart Dafis yn dweud dan ei ddannedd lawer tro) a hyd y dydd heddiw y mae'n edrych fel pysgodyn allan o ddŵr yn y beudy a'r gadlas. Er, mi wnaiff yr hen le yma yn iawn iddo riteirio pan ddaw yn ei ôl o Rotterdam. Ac mi fyddaf innau yma'n cadw tŷ iddo fo tra bydd o, er y bydd yn rhaid i mi afael ynddi o ddifri cyn bo hir i ddysgu gwneud *gravy* a phwdin berwi a *pastry* a rhyw bethau felly.

Bodo Gwen sydd wedi ein magu ni ein tri. Ond bydd Margret yn leicio cael dweud ei bod hithau wedi magu llawer arna i. Mi fyddai hi'n fy lapio fi mewn siôl nes yr oeddwn i'n hogan reit fawr ac yn fy sodro i yn y goitsh ac yn fy mhowlio i fyny ac i lawr y lôn a finnau wrth fy modd yn cael fy nandwn. Ond pan oeddwn i'n tynnu at fy mhump mi straffaglais allan o'r goitsh un pnawn, yn ôl y sôn, a dweud nad awn i ddim iddi wedyn. Ac felly y bu hefyd. Cathod bach oedd babis Margret ar ôl hynny.

Nid wyf i byth eisio babi tra bydd chwyth yno' i, ac mi wnaf yn saff na chaf i 'run. Nid wyf yn berffaith, berffaith siŵr sut mae rhywun yn mynd i ddisgwyl babi, ond mi wn ei fod yn rhywbeth i'w wneud â phidlan dyn (mi ddywedodd Annie Pant a Jane 'Refail gymaint â hynny yn yr ysgol erstalwm) a'ch twti matan chi. A finnau'n ferch ffarm, fedra i ddim dweud ei fod o'n rhyw lawer o *surprise* chwaith. Ond nid yn gymaint y syniad o wneud y weithred sy'n wrthun i mi, ond o gael plentyn o 'nghroth, yn gnawd o 'nghnawd i. Ac wedyn gorfod edrych ar fy llygadau a 'ngwefusau a siâp tebyg i'm corff i yn y babi, a gwybod ei fod wedi etifeddu fy nghymeriad i, a 'ngwendidau i, a'r holl ddüwch sydd tu mewn i mi. Mae meddwl hynny'n codi dychrynfeydd arna i.

Ond hyd nes i Bodo Gwen gael y godwm gynta honno, wyddwn i ddim beth oedd ystyr y gair dychryn. Gwir, yr oedd arna i ofn mynd i'r ysgol ar ddydd Llun heb ddysgu'r *nine times table* (er y byddai'n rhaid i mi fynd bob tro achos ddysgais i byth mono; a dyna pam 'mod i adref yn lle yn y County School) ac ofn dros Tada pan fyddai'n dywydd mawr, ac ofn llygod mawr. Caem ein dysgu yn Ysgol Sul Bethania i ofni twll uffern hefyd – am bethau fel 'pechod y cnawd' (sef yw hynny, gadael i bidlan rhywun fynd yn rhy agos at eich twti matan) a mynd i afael y ddiod gadarn (meddwi, pechod dynion ran amlaf ond nid bob amser, fel y gwn yn dda) a balchder (meddwl eich hun mewn rigowt newydd ar ddiwrnod gymanfa). Ond brygowthan diflas hen ddynion mewn dillad duon oedd y job lot i mi; yr oedd yn syrffedus *iawn* ond byth yn ddychryn.

Yr *official line* gan Bodo Gwen, a ninnau pan oedd hi o fewn clyw, oedd mai dim yn sbio lle'r oedd hi'n mynd oedd hi, ac mai baglu dros goes y brwsh llawr ddaru hi. Adeg y godwm gyntaf felly. Ond yr oedd wedi bod yn dioddef o benstandod ers tro; mi fyddwn i'n ei gweld hi'n edrych yn chwil weithiau os coda hi'n o sydyn ac yn edrych o'i chwmpas am rywbeth i bwyso arno fo.

Dest yn ddeuddeg oeddwn i'r adeg hynny, ac yn dal yn 'r ysgol pentra ac yn hwylio i sefyll arholiad y *Scholarship*. Mi fydda' Cunningham yn rhoi pynnau o *homework* i ni; doedd dda gen i mohono. Ond mi fydda Margret yn ei leicio a tra bydda hi wrthi'n gwneud yr *English composition* a'r problems drosta i mi fyddwn innau'n helpu i orffen corddi a golchi wyau a hwylio swper.

Ond doedd dim eisio bod yn rhyw lawer o sgolar i weld fod y gwaith ar y ffarm yma'n dechrau mynd yn ormod i Bodo Gwen. Mi fyddai hi'n chwilio am rywle i roi ei chlun i lawr bob gafael ac yn cwyno 'Grasusa!' o dan ei gwynt. Yr oedd hi wedi dechrau mynd yn dew yr adeg honno hefyd, a'r rheswm oedd bob tro ar ôl iddi fod allan yn gwneud rhyw waith fel helpu i droi defaid neu roi dillad ar y gwrychoedd neu fwydo'r moch, y bydda'n rhaid cael seibiant bach, efo cwpanaid o de a thamaid o deisan – cacan gyraints, fel arfer – ar ôl dŵad yn ei hôl i'r tŷ. Mae'n siŵr fod y siwgwr yn y gacen yn rhoi rhyw egni iddi ddal ati.

Ond yr oedd hi'n dechrau mynd i fethu, mae hynny'n saff. Ac er na fasai Margret wedi cymryd y deyrnas am ddweud, doedd arni hi ddim mymryn o eisio bod yn fistras y Gongol Felys os âi Bodo Gwen i'r gongol. Eisio cael ei chymryd gan ryw ysgol yn *pupil teacher* oedd hi, a chael mynd i'r Normal College ym Mangor wedyn ymhen rhyw flwyddyn neu ddwy i basio'n ditsiyr. Ond yr oedd Bodo Gwen mewn gormod o oed i'w gadael a finnau'n rhy ifanc i 'ngadael ac felly yr oedd pethau'n edrych yn bur ddu ar Margret ni. Gwir fod Tomi o gwmpas y lle 'ma, ac yn ddeunaw bron erbyn hynny, ond ni fasech yn gadael Tomi i warchod eich cath heb sôn am eich annwyl fodryb a'ch annwyl chwaer.

Ac wedyn, rhyw bythefnos cyn y Pasg, mi gafodd Bodo Gwen ail godwm – syrthio'n hegar yn y tŷ llaeth a chleisio ei braich yn ddrwg. Mi ddaeth Dr Richards yn ei gar Ford newydd i'w thendiad hi, ac mi aeth â hi i'r dre wedyn yn ei gar, chwarae teg iddo fo, dweud y basai hi'n cael gormod o'i helcyd yn y frêc a hithau mewn poen. Bu'n rhaid iddi aros noson yn yr Inffyrmari. Pan gyrhaeddodd Tada drannoeth, wedi bod yn Bremen a Copenhagen os cofiaf, ac wedi dal trên o Lundain, yr oeddem yn falch sobor o'i weld. Ar ôl cael yr holl hanes ac ysgwyd ei ben lawer cychwynnodd am y dre ar ei union (heb newid o'i iwnifform – mae o'n hoffi torri cỳt) i hebrwng Bodo Gwen adref (yn y frêc).

I'w gwely yr aeth hi ar ei hunion ar ôl cyrraedd a dim ond codi at ginio (yr oedd ei stumog hi'n dal yn dda iawn drwy'r cwbwl). Bu'n rhaid i minnau a Margret ysgwyddo'r gwaith i gyd wedyn, achos yr oedd hi'n wythnosau tan Ffair Bach a lle caech chi forwyn ar fyr rybudd a honno'n da i rywbath? Yr oedd yma bedwar o ddynion eisio bwyd bob pryd heb sôn am waith golchi a llnau a gwaith allan. Mi gynigiodd Tomi (o hyd ei din) lithio'r lloeau a hel wyau a rhyw fanion felly, ond y gwir oedd mai ym mhwll Chwarel Bella yr oedd o'n byw ac yn bod a byddai'r llwynog wedi cael yr ieir ambell noson cyn i Tomi gofio cau arnynt. A pha un bynnag, doedd arna i ddim eisio iddo fynd â'r jobsys rheini oddi arna i am fy mod i'n falch o gael mynd o'r hen dŷ yma ar dro, 'tai ond i'r cwt ieir. Rwyf yn fwy o hogan allan na Margret. Ac felly dyma finna'n ateb y byddai'n well gen i iddo fo helpu yn y tŷ – sychu'r llestri a gosod y bwrdd a thorri brechdan – ac edrychodd fel llo arnaf. Daeth Tada i'r adwy a chomandîrio Tomi i warchod y tanau a phlicio tatw a moron i ni, a bu'n rhaid iddo fodloni ar hynny, achos dyn (Ifor Jôs Lizzie Bach) yw cwc y *Pride of Meirionnydd* a phob llong arall am a wn i (a Tomi).

4

Ar fy ffordd yn ôl i'r tŷ ar ôl bod yn hel wyau yr oeddwn i y nos Iau cyn Sul y Blodau, ac yn meddwl dau beth hollol wahanol, sef a ddylem ni fynd i roi blodau ar Nain at y Sul a sut y gwnawn i stwffin i'r ceiliog iâr oedd i swper, pan glywais chwiban o ben draw y lôn – Dei Pant Isa. Siani Tan 'Ronnen ei hen gymdoges sy'n dafnon y post i ni yma ac i'r ffermydd o gwmpas, ond mi fydd Dei yn gwneud tro yn ei lle hi weithiau os bydd ei chrydcymalau hi'n ddrwg, ac nid yw'n ddim ganddo ddŵad â phost diwrnod neu ddau efo'i gilydd. Daeth oddi ar ei feic a'i bowlio achos yr oedd ar y mwya o rew ar y lôn a hwnnw'n llithrig. 'Cerdyn pen blwydd i'ch tad,' meddai gan ddal ei law allan. Ac rwy'n cofio edrych yn syn ar wyneb crwn Dei, a'i drwyn yn goch am ei bod mor oer, a'r amlen yn ei law.

Dau gerdyn pen blwydd fyddai'n arfer dŵad i Tada bob blwyddyn (sydd yn fwy nag y mae'r rhan fwyaf o ddynion yn ei gael) ac yr oeddent wedi cyrraedd yn gynnar y flwyddyn honno: un gan Capten Howells a'r teulu o Aberaeron (*Richard, wife Mary and Ceridwen and John Ivor with kind regards*), a'r llall gan hen fodryb i Tada o Nerpwl. Byddwn innau'n eu gosod un bob pen i'r dresel a hen beth yr oeddwn i wedi'i wneud efo help Margret pan oeddwn i tua wyth (llun hogan bach ar sigl dennyn yn codi ei llaw) yn y canol rhyngddynt. Ond yn awr dyma drydydd. Estynnais amdano a chraffu ar y marc post, ond allwn i mo'i ddarllen. Cofiaf feddwl wrth gerdded yn f'ôl i'r tŷ y byddai'n rheitiach i mi dynnu fy hen gerdyn i a Margret i wneud lle i hwn.

Mae iasau yn fy ngherdded yn awr wrth gofio am hynny.

Ar ôl swper yr agorwyd y cerdyn yn y diwadd. Yr oedd pawb yn methu chwythu – y stwffin yn neis gynddeiriog a Bodo Gwen wedi gweiddi ordors o'r gegin orau sut i wneud menyn melys ar gyfer y pwdin clwt fel nad oedd ond rhyw ychydig o lympiau ynddo – un neu ddau yma ac acw. Taniodd Tada andros o sigâr fawr yr oedd wedi ei chael gan un o'i gyd-gapteiniaid oedd wedi bod draw yn Cuba, ac estyn am y cerdyn.

'Duwcs,' meddai'n syn toc, gan ei basio ymlaen i Bodo Gwen. 'Dyna i chi lais o'r gorffennol.'

Estynnodd Bodo am ei sbectol fach o boced ei ffedog a'i gosod ar ei thrwyn. Ni fu hi ar ei thrwyn brin eiliadau yn y diwedd nad oedd wedi ei thynnu a'i gosod yn blwmp ar y bwrdd.

'Netta,' meddai hi'n siort. 'Dyna i chi wynab.'

'Pwy ydi Netta?' holais innau'n ddiniwed.

'Chwaer Mam,' meddai Margret.

'Anti Netta?' meddwn innau. Oni bai am Margret a Bodo Gwen (a finnau, wrth gwrs) mae ein teulu ni'n brin o ferched, ac ni allwn gredu fod gen i fodryb o waed coch cyfan a minnau wedi gwybod dim oll amdani drwy'r holl flynyddoedd. Dyma'r peth agosaf oedd gen i i fam go iawn. Yr oeddwn i'n gweld y cwbwl lot ohonynt wedi chwarae hen dric sâl iawn arna i, a dweud y gwir, yn ei chuddio hi rhagof i. Ond yr oeddwn hefyd yn codi fy nghlustiau oherwydd dyma flas ar y peth diarth a hudol hwnnw oedd mor brin yn fy mywyd bob dydd: *mystery*.

'Oes gen i Anti Netta?'

'Mi aeth i ffwrdd i weithio flynyddoedd cyn i dy fam a finna briodi,' meddai Tada yn wastad. 'Tua Birmingham.'

'Birmingham?'

'Ia. Ac mae hi wedi bod efo rhyw deulu o bobol fawr

fel *governess* ers blynyddoedd bellach – rhyw Fox-Glovers, os cofia i'n iawn, tua Cheltenham.'

'Ond chlywais i neb 'rioed yn sôn amdani,' rhyfeddais. 'Dim hyd yn oed Taid a Nan-nan.'

'Wel, na,' cloffodd Tada. 'Mi aeth petha braidd yn dynn rhyngddyn nhw, wel'di.'

'Ffrae? Am be?'

'O, waeth i ti befo, mae o'n hen hanes bellach.'

Yr oedd fy meddwl yn dal i garlamu wrth i mi saethu fy nghwestiwn nesaf.

'Ond mae hi'n chwaer-yng-nghyfraith i chi. Pam nad ydach chi byth yn sôn amdani?'

'Wel . . .'

'Mi ffraeodd efo dy dad a dy fam hefyd,' torrodd Bodo Gwen ar ei draws cyn iddo gael cyfle i roi dim math o esboniad.

'Am eich bod chi wedi ochri efo Taid a Nan-nan?' gofynnodd Margret, gan ddangos erbyn meddwl nad oedd hithau'n dallt y nesaf peth i ddim ar bethau. Yr oedd hi'n gwybod fod rhyw fesgyn wedi colli, o wrando ar sgyrsiau'r oedolion o'i chwmpas dros y blynyddoedd, ond heb ddeall pam.

'Wnaethon ni ddim ffraeo,' meddai Tada ar ein traws wedyn a rhyw bendantrwydd yn ei lais. 'Yr oedd yna betha wedi digwydd i beri i Netta deimlo'n chwerw, a theimlo'i bod wedi cael cam.' Tynnodd ar ei sigâr am ryw funud cyn ychwanegu. 'Roedd o'n hen fusnas digon annifyr. Mi aeth Netta i ffwrdd ac ella mai dyna oedd ora. Beth bynnag mi adawyd petha ar hynny.'

Llais Bodo Gwen ddaeth nesaf, a hwnnw fel cyllell.

'Ddaeth hi ddim i gydymdeimlo efo chi, Samuel, ar ôl Siwsi.'

23

'Roedd hitha wedi colli chwaer, cofiwch.'

Ar hynny, rhoddodd Tomi ochenaid fawr. Fu o erioed yn un am golstran efo hanesion teulu. Ond mae'n siŵr ei fod yntau wedi meddwl fod yna un cwestiwn amlwg heb ei ofyn yng nghanol hyn i gyd. Pwyntiodd at y llythyr yr oedd Tada wedi ei daro'n gynnil ym mhoced ei wasgod wrth agor y cerdyn.

'A be mae hi eisio rŵan 'ta?'

'Mi gei di wybod,' atebodd Tada yn reit dynn, 'pan ac os y bydda i'n dymuno rhannu'r wybodaeth sydd yn y llythyr efo chi.' Ac yna ychwanegodd, fel y gwnâi'n aml pan fyddai Tomi'n herio ei awdurdod. 'Mi wnâi fyd o les i ti fynd i'r môr i ddysgu dy le, jero.'

Yr wyf yn cofio fel y bûm i'n meddwl am y sgwrs yna am ddyddiau wedyn wrth fynd o gwmpas fy ngwaith. Ar un adeg, yr oeddwn i flys perswadio Margret i ddŵad draw i Lwyn Piod efo mi i holi Nan-nan (tydyn nhw byth yn dŵad yma, o un pen blwyddyn i'r llall). Nid y byddai'r un o draed Margret wedi dŵad hefo mi. Byddai arni ormod o ofn i Nan-nan droi tu min arni. Mae'n gas gan Margret unrhyw fath o ffraeo, ac yr oedd Nan-nan yn medru bod yn rêl hen jadan pan liciai hi. (Mae'n siŵr mai ar ei hôl hi yr wyf i'n tynnu.) Ond penderfynu dal arni wnes i, gan ddisgwyl y caem wybod cyn y Pasg beth oedd cynnwys y llythyr a ddaeth i ganlyn y cerdyn. *Mystery* oedd y peth mawr; yr oedd Margret newydd orffen darllen *Woman in White* i mi ac yr oeddem wedi penfeddwi ar y stori.

5

Ond ni allaf i fynd i'r afael â'r llythyr a'i gynnwys rŵan. Buom yn cario gwair tan amser swper heno – a llwyddo i gael y cyfan o'r cae dan tŷ a'r weirglodd. Mae f'esgidiau gwisgo ysgafn wedi mynd yn rhy dynn ers llynedd ac yn gwasgu 'modiau'n hegar. Yr wyf wedi eu tynnu ers meitin ond mae 'nhraed yn dal i ysu. Mi tynnais nhw y munud y dois i'r tŷ ac eto mae eu hôl yn dal i'w weld arna i.

Oerodd y tywydd yn sydyn ac yn arw o'r noson honno ymlaen. Dyna'r ail sbel o dywydd oer i ni ei gael y gaeaf hwnnw achos yr oedd wedi bod yn felltigedig o oer yn ystod mis Chwefror yn barod. Yr oedd hanes wedi bod yn *Y Faner* am inc yn rhewi yn y potiau yn Ysgol Darowen. Ac yn awr, ar ôl cael blas ar dywydd ffeindiach, y cennin Pedr yn pelydru o'r diwadd a'r brain yn hel i nythu, dyma'r tymheredd yn plymio eto a phob dŵr yn rhewi. Ac rwy'n cofio'r hen Ifan Tomos oedd wedi galw acw am sgwrs yn cnocio'r cloc tywydd ac yn dweud 'Mawrth a ladd ac Ebrill a fling'. Er fu hi ddim mor oer ym Mawrth, ond yn hytrach yn ddiflas a gwyntog, ac yr oedd sawl sgwner a barc yn dal yn y bae yn disgwyl tywydd tecach cyn codi angor.

Bob bore ar ôl y noson honno byddai Tomi a minnau'n rhedeg fel dau wyllt wirion i lawr at y llyn i weld a oedd y dŵr wedi rhewi'n ddigon caled i ni allu sglefrio arno. Ac Edwart Dafis fyddai wrthi'n porthi neu'n carthu yn yr iard yn gweiddi ar ein holau: 'Tendiwch chi rŵan, mae'r hen lyn yna'n dwyllodrus. Mae 'na ffynnon o ddŵr codi yn y pen draw yna, a rewith hwnnw byth.' Yr oedd hi'n hen bregeth wrth gwrs a gwyddem ninnau cystal ag yntau fod hynny'n wir, achos roedd Tomi druan yn gorfod cario dŵr o'r ffynnon arall, ffynnon ucha, i'r tŷ bob dydd ar gyfer molchi a hwylio bwyd a golchi dillad. Yr oedd Tada wedi bod yn fwg ac yn dân am redeg dŵr i'r tŷ trwy beipiau ar un adeg, ond yr oedd y cynllun wedi mynd dros gof wedyn a Tomi'n dal o dan yr iau.

Ar y dydd Sadwrn cyntaf, dim ond dwy iâr ddŵr a fentrodd ddeintio ar y rhew, a dim elfen sglefrwyr ynddynt. Nid ydynt ddim mymryn gwell o flwyddyn i flwyddyn nac o fis i fis o ran hynny. Byddech yn meddwl eu bod wedi cael penstandod fel Bodo Gwen o weld eu coesau'n mynd odanynt i bob man! Aeth tridiau arall heibio, nes dyfod dydd Llun yr Wythnos Fawr. Y bore hwnnw ar ôl bledu dwn i ddim faint o gerrig mawr trymion i brofi'r trwch, dyma Tomi a minnau yn ei mentro hi. Yr oedd Tada wedi dod â phâr o *skates* bob un yn anrheg i ni o Copenhagen rai blynyddoedd ynghynt a'r rheini a wisgem. Rhai Margret oedd gen i; yr oedd fy rhai i wedi mynd yn rhy fach a doedd Margret ddim gwerth am sglefrio – gormod o ofn cael trochfa a hithau'n methu nofio.

Sŵn ein gweiddi a'n gwichian a arweiniodd Tada atom, mi wranta. Mae'r llyn gryn bellter o'r tŷ, i'r dde drwy'r ddôr, heibio i'r gadlas ac wedyn i lawr y lôn las. Ond mae sŵn yn cario'n bell ar dywydd oer a llonydd fel y diwrnod hwnnw. Mae'n debyg ei fod wedi bod yno am sbelan, yn pwyso ar y giât yn ein gwylio, ac yn mwytho'i locsyn cyn i ni sylwi arno a dechrau chwifio'n breichiau'n wyllt nes bod ein traed yn gorfod sglefrio ffwl pelt y naill ar ôl y llall i'n cadw rhag mynd ar ein boliau.

Mae'n siŵr ein bod yn edrych fel plant ar lun calendr yn ein sgarffiau a'n capiau lliwgar a'r esgidiau sglefrio. Gafaelai Tomi yn fy llaw a 'nhynnu ar ei ôl nes ein bod yn hanner hedfan a'n breichiau ar led. Yr oedd y prysgwydd o gwmpas ochrau'r llyn yn farrug gwyn drostynt er ei bod yn ganol y bora a'r awyr cyn lased ag y mae posib i awyr fod.

Mor llawen oeddem ni ac mor ddifeddwl y bore hwnnw, yn chwifio ta ta ar ein plentyndod. Oherwydd er bod y rhew i'w deimlo mor solat â llechen galed odanom, yr oedd y craciau eisoes yn dechrau hollti cadernid ein byw ni yn y Gongol Felys.

Chwifiodd Tada yn ôl, a dyna pryd y daru mi ddal sylw ar y fasged wrth ei draed. 'Picnic!' bloeddiais a gollwng llaw Tomi nes iddo ddisgyn ar ei hyd gyda chlec galed. Boddwyd ei regfeydd gan gyfarth Mot a Fflei oedd wedi bod yn cael sbort fawr yn hela cwningod o dan yr eithin a newydd gyrraedd glan y llyn i fusnesu a'u tafodau allan fel dau injia roc pinc. Ond doedd Tomi ddim blewyn gwaeth, achos yr oedd o'n galed fel haearn Sbaen rhwng ffarmio a gwneud ambell i stêm yn y chwarel, ac ar ôl cynnig peltan chwareus i mi, dyma ni'n dau'n cythru am y picnic.

Yr oedd Tada wedi arfer efo steil yn salŵn y *Pride of Meirionnydd.* Yn y fasged yr oedd cig oer ar frechdan efo stwffin, a phytiau o nionod picls, bitrwt, picalili, tamaid o gaws melyn, torth frith ac orenjis bach, grawnwin a *chocolate* du o Ffrainc sy'n felys a chwerw – y cwbwl wedi'i lapio mewn lliain gwyn glân. Yr oedd y sglefrio wedi codi llwgfa fawr arnom a bwytasom y cwbwl ar ein traed gyda llond mygiau mawr o de cynnas, melys – nes bod y gwynt o'n cegau fel mwg stemar yn yr awyr oer. Prin y cafodd y cŵn na chrystyn na chrawen.

Ond wrth droi'n ôl at y tŷ, mi ddechreuais deimlo'n sâl braidd wrth i Tada gychwyn dweud wrthym ni bod y cwmni wedi bod yn pwyso arno ers tro i fynd ar deithiau hirach dros yr Iwerydd. Yr oedd hi'n anodd iddo wrthod, meddai, achos yr oedden nhw wedi bod yn dda iawn efo fo tra oeddem ni'n fân, ond erbyn hyn yr oedd hi'n bryd iddo rannu'r baich efo'r capteiniaid eraill. Yr oedd gwraig Capten Ifan Hughes wedi bod yn cwyno ers misoedd, ac yr oedd yn rheitiach iddo fo gael hwylio'n nes adref bellach – picio i Bremerhaven ac Oporto a Dieppe ac yn ei ôl o fewn wythnosau. 'Rydw i wedi cael deng mlynadd,' gorffennodd, 'tra oeddach chi'n prifio. Tro rhywun arall ydi hi rŵan.'

Tybad ydi pobol eraill yn mynd yn gas ac yn ymosodol 'r un fath â fi yn wyneb ofn? Efallai mai am mai fi ydi'r babi yma, ac wedi cael fy nifetha rydw i'n gymaint o stormas. Mi clywn fy hun yn poethi nes bod fy mochau'r un lliw â'r jiws bitrwt ar fy mysedd.

'Dyna chi wedi difetha fy ngwyliau Pasg i!' gwaeddais yn ei wyneb. 'A'r picnic a bob dim. Mi ddeudwch nesa eich bod chi'n mynd 'r wsnos nesa, mae'n siŵr, a'n gadael ni ar ein baw a Bodo Gwen yn infalîd.'

'Taw,' meddai Tomi, gan drio rhoi ei fraich amdana i. 'Paid â styrbio dy hun, Idi. Mi fyddwn ni'n iawn.'

'Dradwy,' meddai Tada yn ddistaw bach.

Pan gyrhaeddom ni yn ôl i'r iard, yn dri mudan waeth i chi ddweud, dyna lle'r oedd Seus wrthi'n rhoi Bes y ferlen yn llorpiau'r drol.

'Lle'r wyt ti'n mynd?' holodd Tomi wedi sbriwsio drwyddo ar unwaith o weld rhywbeth annisgwyl ar droed. 'Oes 'na long?'

Mi ddaw yna long i'r bae yma weithiau, ym misoedd yr haf gan amla, ac wedyn bydd yr holl bentre'n ferw gwyllt a phawb yn heidio i'r traeth yn blant a chŵn, dynion a'u gwragedd a babis. Ambell dro bydd pethau fel te neu ffrwythau neu goed neu lo yn cael eu gwerthu o'r howld a phawb yn cario pynnau adref wedyn. Mi fydd 'r hen Siôn Wiliam, Perthi, bob amser yn dod â'i ful, rhag ofn y bydd y llwyth yn un trwm.

Ond ysgwyd ei ben a wnaeth Seus. Amneidiodd i gyfeiriad y tŷ.

'Gwen Ifans oedd am fynd i'r llan,' meddai. 'A doeddan ni ddim yn ei gweld hi'n ffit o dywydd iddi gerddad.' Edrychodd yn heriol i gyfeiriad Tada, achos y fo yw'r un sydd i fod i roi'r ordors pan fydd adref, ond ddywedodd o ddim gair y tro hwn, dim ond codi ei ben a sbio ar ryw biodan oedd yn sgrechian yn y goeden siacan tu ôl i ni.

Ac wedyn dyma glywed clep drws cefn y tŷ a Bodo Gwen yn dŵad efo camau bach ar hyd y llwybr gro, yn ei bonet du a'i siôl orau wedi'i lapio dros ei braich ddrwg. Yr oedd hi'n llwyd a'i thrwyn yn edrych yn rhy fawr i'w hwyneb. Nid oedd angen i neb esbonio ei bod hi wedi clywed y newydd o'n blaenau ni'n dau.

'I lle ydach chi'n mynd?' Fedrwn i ddim peidio gofyn er fy mod yn gwybod yr ateb. Ac eto nid oeddwn yn gwybod neu fyddai'r ateb pan ddaeth o ddim wedi rhoi'r fath dro ynof i.

'I'r llan.' Edrychodd i gyfeiriad Tada ac yna troi draw a chodi ei gên. 'I chwilio am lodjin.'

'Peidiwch, Gwen,' meddai yntau yn reit stiff. 'Yma mae'ch cartra chi. Fedrwch chi ddim gwneud eich hun –'

'Wel, mae un peth sy'n saff; mae'n well gen i strachu gwneud fy hun na byw dan yr unto â honna.'

'Honna?' Trois mewn *pirouette* i wynebu Tada. 'Pa honna?'

'Eich Anti Netta.'

'Anti Netta?'

'Hi sy'n dŵad yma'n howscipar tra bydda i i ffwrdd.'

Y peth nesa gofia i yw clindarddach clopian Bes yn torri trwy rew y pyllau dŵr wrth iddi drotian i fyny'r lôn tua'r pentre.

Yr oedd Tada wedi arfer efo criwiau'n cefnu ar long ar ôl mordaith arw, ar hanner taith yn aml, yn rhywle fel Rio neu Syraceusa, ella, yn bell iawn o adref. Fo ydyw'r capten, fo sy'n gyrru'r hogiau i ben y mast ar bob tywydd i agor neu rowlio'r hwyliau, yn dweud i ba gyfeiriad i lywio'r llong pan mae'r gwynt yn troi, yn galw'r wyliadwriaeth ac yn talu'r cyflog. Ond fedar o hyd yn oed ddim rhwystro neb rhag cerdded i lawr y gangwe am y tro olaf os yw wedi penderfynu ei fod wedi cael digon. Mae gan bob llongwr cyffredin yr hawl honno.

Y diwrnod y cerddodd Bodo Gwen yn fusgrell i lawr y gangwe, yr oedd hi wedi bod yn *First Mate* ar y Gongol Felys ers bron i ugain mlynedd.

Dydd Llun yr Wythnos Fawr oedd hi, y diwrnod y rhewodd y llyn yn ddigon caled i Tomi a finnau allu sglefrio arno am yr eilwaith y flwyddyn honno.

6

Yr oedd gen i feddwl y byd o Bodo Gwen ac eto mi adewais iddi fynd y diwrnod hwnnw. Rwy'n cofio meddwl y byddai'n reit braf cael sbario mynd ar fy ngliniau a 'mhen ar ei ffedog eto iddi gael cribo 'ngwallt efo'r crib chwain, na blacledio'r grât na bwyta ei huwd lympiog. Mi gawn sbario dweud fy mhader hefyd.

Ac yr oedd Margret gen i o hyd on'd oedd, a Tomi?

Dyna lle'r oedd Margret ac Edwart Dafis yn eistedd yn reit glòs at ei gilydd ar y setl pan ddaethom ni'n tri i mewn a Mot a Fflei a'r gath frech wrth ein cwt. Neidiodd Margret ar ei thraed fel jac yn y bocs a rhuthro trwadd i'r pantri. Meddyliais ei bod hi'n siŵr o fod yn sdowt efo Tada, ac na fedrai hi ddim dioddef bod yn yr un rŵm ag o.

'Ia wir, Captan,' meddai Edwart Dafis, gan godi ei gap stabal oddi ar y bwrdd a'i osod ar ei ben, a'i dynnu yn ôl ac ymlaen dipyn nes ei fod wedi llenwi'r lle gwag yn ei dop. 'Do'n i ddim yn gweld 'i bod yn werth cychwyn i garthu a hitha mor agos at ginio. Ond mi bicia i i olwg y defaid.'

'Na, dowch trwodd am funud,' meddai Tada gan agor drws y pasej oedd yn arwain i'r stydi. 'Mi fydd angen gneud trefniada i chi fedru prynu moga ac ati'r ha' 'ma a chyflogi rhywun atoch i agor ffosydd yn y weirglodd.'

'Mae o'n mynd i ti, Tomi,' meddwn i gan sboncio'n gynhyrfus yn f'unfan ar ôl i Tada gau'r drws. Yr oedd Tomi a'i gefn ataf yn cynhesu ei ddwylo wrth y *range*. 'Mae Tada yn mynd rownd yr Horn. Ei di efo fo?'

'Nag af.' Gallwn weld Tomi'n tynhau drwyddo achos yr oeddwn wedi rhoi fy mys mewn dolur reit hegar.

Wyddai Tomi ddim beth yr oedd eisio'i wneud efo'i fywyd, ond yr oedd yn bendant na wnâi ddim byd yr oedd Tada am iddo'i wneud. 'D aiff o byth yn ddoctor nac yn dwrnai nac yn llongwr nac yn ffarmwr am mai dyma sydd ar dop rhestr Tada o bethau yr hoffai o i Tomi ni fod.

Mi fyddai Margret a Bodo Gwen yn sôn byth a hefyd gymaint o beiriant oedd Tomi pan oedd o'n hogyn bach. Mor selog! Ac annwyl, peidiwch â sôn! Siarp – wel fel pupur! A 'mabi del i! Mi fyddwn i'n laru gwrando ar y ddwy, a dweud y gwir. Ac rwy'n siŵr y byddai Tomi'n laru hefyd achos mi godai yn amal a mynd allan pan fyddent yn dechrau arni.

Fedrwn i ddim dweud fy mod i'n cofio Tomi'n hogyn bach. Cofio'n iawn tyllu twll enfawr efo fo yn cae pwll gro, cofio chwarae oxo ar gefn y calendr, hel pryfaid genwair efo fo i wneud cacen, a rhoi'r ddau lyffant gwyrdd rheini yn y fuddai. Tomi oedd efo mi'n gwneud y pethau yna i gyd a miloedd mwy. Ond fedra i mo'i weld mewn dim un o'r lluniau yna, dim ond gwybod mai fo oedd yno.

Nac yn llun *Llanfair School 1905-06* hyd yn oed am fod Idris Cae'r Berth wedi rhoi blaen esgid yn ei gefn o pan oedd y dyn yn mynd i wasgu'r swigan i dynnu'r llun, ac mi drodd Tomi ei ben, fel nad oes dim byd lle mae'i wyneb o i fod ond rhyw *fuzz* fel nyth cath.

Yr oedd dychmygu sut un fyddai o'n un ar hugain neu bump ar hugain oed yn gyfan gwbl y tu hwnt i mi.

Tomi i mi oedd y Tomi oedd yn 'cau codi i borthi efo'r dynion yn y bore. Yn mynd i'r hoewal ar ôl swper i gael mygyn ac yn cwpanu'r smôc o'r golwg yng nghledr ei law. Yn gwrthod mynd i'r bregath ambell nos Sul er nad oedd neb arall feiddiai wrthod. Yn ffansïo'i hun yn y glàs yn y pasej, a fflatio'i wallt efo poer pan oedd o'n meddwl nad oedd neb yn sbio.

Trowsus wedi ffraeo efo'i esgidiau hoelion oedd Tomi ac ysgwyddau digon cryf i roi ji-ji-bac – dim ond i mi swnian digon. Brychni yn troi'n blorod a gwên fawr wen oedd yn cyrlio ei wyneb i gyd.

Dal i sefyll a'i gefn ata i yr oedd o pan ddaeth Margret drwadd yn ei hôl o'r pantri. 'Mi awn i weld be ydi hanes Bodo,' meddai hi. 'Dos i nôl dy gôt ora, Edith.'

Mynd ar hyd y llwybrau ddaru ni achos mae o'n llawer cynt na halio ar hyd y lôn bost. Yr oedd Margret yn cerdded fel dynes wyllt bob cam a finnau'n gorfod rhoi sgip a naid bob hyn a hyn neu byddai wedi fy nghuro i'n lân. Meddyliwn tybed i ble y byddem ni'n mynd gyntaf i chwilio am Bodo. Mi fyddwn i fy hun wedi mynd i'r siopau i gyd i ddechrau ac wedyn holi yn nrysau tai, gan gychwyn gyda'n perthnasau a phobl oedd yn ein hadnabod fel teulu. Ac os na chaem lwc mynd i weld Mr Parry gweinidog wedyn. Ond 'Cau dy geg, wir,' gefais i pan ddatgelais fy nghynllun wrth Margret.

Ar ôl cerdded i fyny ac i lawr pob stryd yn edrych ym mhob twll a chornel fel petai hi wedi colli'i chath, trodd Margret ei chamre blinedig i'r chwith i fyny'r allt gul ac i'r dde wedyn at 'r eglwys a'r Persondy. A finnau wrth ei chynffon. Yr oeddwn yn gweld sut yr oedd ei meddwl yn gweithio achos mae Bodo Gwen yn eglwyswraig selog a fyddai hi byth yn colli cymun na gosber (os na fyddai yna long). Weithiau mi âi â fi efo hi i wasanaeth i gadw cwmpeini iddi ar y ffordd adra, ac mi fyddwn i'n ei gweld yn brafiach na Bethania yno achos yr oedd lot llai o swels a fyddai'r bregath yn para dim ond rhyw ddeng munud.

Mae'n well i mi ddweud rhywbeth am y Person yn y fan yma er fy mod yn teimlo'n reit annifyr yn gwneud hynny. Y rheswm am hynny yw mai 'straeon goitsh fawr' fel y bydd pobol yn dweud, oedd llawer o'r sôn am y Person. Ond gwell dweud er hynny achos fyddai'r hanes ddim yn gyflawn heb ddweud.

Y siarad oedd wedi bod yn mudferwi dan yr wyneb (wedi'i gario ar ddec rhyw farc, neu frìg yn reit siŵr) oedd ei fod wedi bod yn briod ar un adeg, ond fod ei wraig wedi'i adael am ei fod yn hel merchaid, a bod yr Esgob wedi ei gosbi trwy ei yrru i Lanfair yn berson plwyf!

Nid ar yr aelwyd y clywais i'r storïau hyn, wrth gwrs. Ym Mhorth Llydan y cefais i'r hanes pan fyddwn i'n mynd yno i hel cocos neu grancod ar ôl 'r ysgol efo'r criw oedd yr un oed â mi. A doedd dim angen i neb fy siarsio i beidio â'u hailadrodd yn y Gongol.

Pan awn i'r plygain efo Bodo Gwen weithiau mi fyddwn i yn 'studio'r Person o ddifri i weld a oedd golwg godinebwr arno fo. Ond y cwbwl welwn i oedd hen ddyn bach boldew, pen moel efo llygaid glas pefriog; allwn i ddim dychmygu ei wraig, heb sôn am 'gariad', yn gadael iddo fynd o fewn hanner milltir i'w thwti matan hi na'r un man dirgel arall.

Ond yr oedd un peth a wnâi i mi amau efallai fod peth gwir yn y strâus am y Person. A hynny oedd ei ddwylo. Wrth ysgwyd llaw ar y ffordd allan o'r gwasanaeth, cydiai yn nwylo'r merchaid â'i law feddal wen, fwythus. Ac mi fyddwn i'n sylwi, gwaethaf fi'n fy nannedd, fel y byddai ei law yn lingerio weithiau. Dim ond hynny.

Martsiodd Margret i fyny'r llwybr gro at ddrws ffrynt y Persondy, cnocio'n barchus a manteisio ar y cyfle i wthio'r cudynnau gwyllt oedd wedi dod yn rhydd yn ôl o dan ei het wellt orau. Sefais innau tu ôl iddi. Yr oedd hi'n dechrau tywyllu erbyn hynny a gallwn weld golau lamp yn sirioli ffenest y parlwr.

Y Person ei hun a ddaeth i'r drws.

'Pnawn da, *ladies*,' meddai fo'n barchus. 'Be fedra i 'i wneud i chi?'

'Chwilio yr ydan ni am fy modryb, Mrs Gwenfair Evans,' meddai Margret yn bropor. 'Mi ddaeth i lawr i'r

Llan yn gynharach y pnawn yma ar . . . ychydig o fusnes. Ac mi rydan ni'n pryderu amdani gan nad ydi wedi bod yn dda 'i hiechyd. Welsoch chi hi, Ficar?'

Agorodd y Person y drws led y pen i'n gwahodd i mewn gan wenu'n llydan. Wneuthum i ddim dal sylw ar ei ddwylo ar y pryd ond allwn i ddim peidio â gweld fod mwy nag arfer o sêr yn ei lygaid glas. Yr oedd hi'n grepach allan a phrysurodd y ddwy ohonom o'r nos i wres melfed y tŷ.

'Y drws ar y dde, *ladies*. Y parlwr gora.'

Arweiniodd Margret y ffordd, a minnau o'i lled ôl fel rhyw gyw wrth gwt merlen a phedolau f'esgidiau uchel yn clecian ar y teils. Sylwais ar y grisiau mawr llydan a arweiniai o ganol y lobi i'r düwch eang uwchben.

Safodd Margret fel delw pan gyrhaeddodd ddrws y parlwr gorau a bu bron imi fynd ar fy mhen iddi.

'Bodo!'

Yno, o flaen coelcerth o dân, mewn cadair freichiau *chintz* enfawr, eisteddai Bodo Gwen fel yr hen *Queen* Victoria ei hun. Edrychai'n fodlon dros ben efo hi ei hun ac yr oedd ei thrwyn wedi mynd yn ôl i'w faint arferol. Yr oedd hi wedi tynnu ei bonet ac yn gartrefol braf ei golwg efo llestri te ffansi a gweddillion briwsion cacennau ar fwrdd bach o'i blaen. Wrth ddal sylw ar y tebot arian ar y stôl drithroed o flaen y grât cochais at fy nghlustiau o weld ei bod wedi tynnu ei hesgidiau hefyd.

'Rydan ni wedi dŵad i'ch nôl chi, Bodo,' cyhoeddodd Margret. 'Lle mae'ch siôl chi, deudwch?'

'*Too late, dear ladies*,' chwarddodd y Person yn harti wrth ein hochrau. 'Rydw i wedi'ch curo chi.'

Trodd Margret i edrych yn hurt arno, a'i phen ar un ochor fel iâr. Byddai ei het wedi disgyn i ffwrdd y munud hwnnw, rwy'n siŵr, heblaw am y bìn fawr oedd yn ei dal yn ei lle.

'Mae'ch annwyl fodryb wedi cytuno i ddŵad yma'n *housekeeper* i mi.'

'Bodo!' ebychodd Margret. 'Efo ni mae'ch lle chi, yn y Gongol Felys!'

'A phrun bynnag,' prepiais innau, 'rydach chi'n rhy hen i fod yn howscipar.'

'Doeddwn i ddim yn rhy hen i fod yn howscipar i chi, nag oeddwn,' meddai hithau'n sgut. Gwenodd wrth weld y syndod ar ein gwepiau ni ein dwy. 'Rŵan, cymerwch banad bach efo ni eich dwy cyn troi am adra. Ficar?'

Nesaodd yntau ati, fel person mewn drama yn ei drowsus *plus fours* a'i goler gron, plygu'n seremonïol i estyn y tebot arian oddi ar y stôl fach, a'i gyflwyno iddi gael tywallt i ni. Aeth rhyw ias drwyddaf. Yr oedd fel petaent wedi bod yn disgwyl amdanom.

Yr oedd llai fyth o sgwrs gan Margret ar y ffordd adref. Dim ond pydru mynd drwy'r caeau llawn cysgodion a'i gwynt yn gwmwl o'i blaen. Ond yr oedd yn rhaid ceisio cael atebion i rai cwestiynau cyn cyrraedd adref.

'Faint ydi oed Bodo, Margret?'

'Tua'r trigian. Pam?'

'A'r Person?'

'*Fifty eight, fifty nine*. Dydw i ddim yn gwybod, nac'dw.'

'Ydi hynny'n hen, Margret?'

'Yndi, yn hen fel pechod. Rŵan, tyd 'laen, hogan.'

Wyddwn i ddim a oedd *fifty eight* a *fifty nine* yn hen fel pechod ai peidio. Yr unig beth a wyddwn i oedd fod Bodo Gwen yn edrych yn fengach y noswaith honno wrth ein hebrwng ni'n dwy i ddrws ffrynt y Persondy yn sidêt yn nhraed ei sanau nag yr oedd hi wedi edrych ers talwm iawn, iawn.

Pan gyrhaeddom yn ein holau i'r Gongol teimlais yn syth rhyw newid yno. Yr oedd y gegin yn dal yn gynnes braf, mor gynnes nes bod llefrith oedd wedi ei adael ar waelod sosban ar y *range* gan Tomi neu Tada wedi cremstio yn galed; rhuthrais innau i achub y sosban a byrstiodd y swigan lefrith fawr yn ei gwaelod gyda chlec dawel. Rhywsut daeth diwedd ar ein gwyliau ninnau gyda'r glec fach honno.

Yn y stydi wedi cau arno y treuliodd Tada y rhan fwyaf o'r deuddydd nesaf – yr hen fapiau mawr allan ar y mat o flaen y tân a'r ornaments gorau (y fuwch goch a'r llo, y cŵn tsieni a'r sebra streipiog, a'r bobl yn y dillad glas ac orenj) yn eu dal yn eu lle. Fynta ar ei liniau yn prowla drostynt.

Nid oedd hi ddim cyn brafiad ar Margret a finnau a'r trymgwaith o olchi a manglo a smwddio crysau a dillad isaf a throwsusau a hancesi poced – dillad tywydd oer a thywydd poeth. Dychrynwn i wrth feddwl y byddai mwy nag un newid tymor cyn y gwelem ef eto.

Fel yr oeddem yn gorffen pacio'r pethau yn y gist fore Mercher, daeth Tada drwodd atom i'r gegin. Yr oedd wedi newid i'w iwnifform ac yn edrych yn ddiarth ar ôl bod mor hir mewn dillad gwisgo. Ar ôl cinio, byddai Seus yn ei ddafnon dros y mynydd i gwfwr y frêc a'i cariai i'r Porth at ei long, a byddai'r *Pride of Meirionnydd* yn hwylio ar y llanw drannoeth. Arferai Bodo Gwen wneud sgram o ginio bob amser cyn i Tada gychwyn ar fordaith, a sylwais arno'n troi ei drwyn y mymryn lleiaf wrth glywed oglau'r potas pys.

'Mi fydd eich Anti Netta yma cyn pen dim,' meddai'n gysurlon. 'Ac mi ddaw gwell trefn wedyn. Mae ganddi hi blania i agor *School for Young Ladies* yn y Llan 'ma. Ac mi rois Robat Morus ar waith i holi am forwyn i chi.'

Yr oedd Margret wedi bod yn ffwr-bwt iawn efo Tada ers y dydd y cododd Bodo Gwen ei phac oddi yma. Dim ond atebion cwta bob gafael a'i cheg fel twll botwm. Ond pan welodd hi o yn estyn y map o'r byd oedd o dan ei gesail ac yn mynd ati i'w osod allan ar fwrdd y gegin er mwyn dangos i ni pa ffordd y byddai'n mynd (gwnâi hyn cyn pob siwrnai ond yr oedd y map yn fwy y tro yma), sylwais ar ei hwyneb yn tynhau ac wedyn yn mynd yn llac i gyd.

'I Lerpwl i ddechrau i orffen codi criw ac wedyn i Belffast yn Iwerddon i lwytho balast,' eglurodd Tada gan ddangos efo llwy de, 'heibio i Tenerife ac yna croesi ymyl Môr Saragasso a hwylio i'r gorllewin, welwch chi, tua St Lucia a Martinique ym Môr y Caribî. Ymhen tua phum diwrnod, a dal tua'r gorllewin, mi ddown i Jamaica ac i Fôr Mecsico, i'r *gulf stream* a'r gwynt o'n hôl. Fyddwn ni fawr o dro na fyddwn ni'n docio yn Gulfport, Louisiana, a chodi cargo. Ffawydd melyn. Wyt ti efo fi, Margret?'

Yr oedd hi'n anodd ar Margret achos, beth bynnag sydd wedi bod, mae'n rhaid i chi wneud eich heddwch efo llongwr cyn iddo fo hwylio. Mi ddaw stormydd enbyd weithiau ar y cefnfor, a phwy fedrai fyw yn ei groen petai rhywbeth yn digwydd a hen friw heb ei gau? Collodd Jane Williams Ty'n Weirglodd ddau fab efo'i gilydd pan aeth y llong yr oeddent yn criwio arni i lawr mewn drycin yn Botany Bay. Yn 1891 y digwyddodd hynny, cyn fy ngeni i, ond mae hen bobol y ffordd hyn yn dal i sôn am y peth a'u lleisiau'n sigo wrth adrodd am ei cholled. Nid wyf yn meddwl fod Margret wedi maddau i Tada am adael i Bodo fynd, nac am dderbyn cynnig gwraig hollol ddiarth i ni i ddod yma yn ei lle. Ond allai hi ddim bod wedi byw efo hi ei hun chwaith os byddai Tada wedi ymadael gan wybod ei bod hi'n dal dig wrtho.

Wrth i Tada bwyso dros fwrdd y gegin, gan graffu efo'i chwyddwydr i geisio gweld y porthladd ble byddent yn docio, agorodd Margret ei breichiau'n araf ac yn annisgwyl a gafael amdano'n dynn o'r tu ôl. Yr oeddwn i'n sefyll wrth y *range* ac mi gwelwn i hi'n dal ei gwynt ac yn codi ei llygaid gan edrych i fyny at y nenfwd. Mi edrychais innau i fyny hefyd ond welais i ddim byd.

Cyrliodd y map yn ei ôl yn rholyn hir wrth i Tada droi i'w chofleidio hithau.

'Magi, Magi bach,' meddai'n ddistaw. 'Magi bach.'

Yr oedd y geiriau'n mynd at galon. Ond pan edrychais i lygaid Tada mi welais ei fod o wedi cychwyn ar ei siwrna yn barod, ac yn bell, bell oddi wrthan ni.

7

Yr wyf wedi mynd iddi gymaint wrth sôn am hanes Bodo Gwen yn 'madael nes fy mod wedi ymgolli. Mae hi wedi bod yn boeth heddiw, a Margret a minnau wedi bod yn y llain bellaf drwy'r pnawn yn chwynnu rwdins. Mae'r pridd wedi mynd yn ddyfn o dan fy ngwinedd, ac er i mi sgwrio a sgwrio heno, ni allaf eu cael yn lân. Daeth Margret â the i'r cae i ni mewn basged, ond yr oeddwn i'n clywed pridd dan fy nannedd wrth gnoi'r frechdan jam riwbob. Golchais fy ngheg allan efo te oer, ond yr oeddwn i'n dal i'w deimlo.

Yr oedd yma le rhyfedd y nos Sadwrn yr aeth Tada i ffwrdd. Aethai Tomi i'r pentra efo'r hogiau eraill a byddai Seus yn siŵr o ymuno efo nhw yn nes ymlaen ar ôl gorffen porthi. Byddai'n berfeddion arnynt yn cyrraedd adref, a chwerthin mawr i'w canlyn, ond ni fyddai neb yma i ddweud y drefn wrthynt, fel y gwyddent o'r gorau.

Er mai canol yr wythnos oedd hi yr oedd Edwart Dafis yn hwylio i fynd adra ar ôl porthi i edrych am ei fam oedd wedi bod yn cwyno. Wrth droed Garn Hunog y mae ei gartra. Byddai'n mynd bob wythnos â dillad i'w golchi efo fo a'u newid am rai glân. Bu'n eistedd efo ni yn y gegin am hir iawn cyn ei throi hi'r noson honno, er nad oedd o'n gwneud nac yn dweud dim, ac yr oeddwn i wedi mynd i feddwl nad âi o byth, ac y byddai Margret yn dweud ei bod wedi mynd yn rhy hwyr i ddechrau gwneud cyflaith (er ei bod wedi gaddo – rhyw sgiâm i swcro dipyn arnaf ar ôl i Tada fynd). Clywed y cloc mawr yn taro wyth a ddaru ei styrio fo yn y diwedd.

'Mae'n siŵr nad ydi ei fam o ddim yn gneud cyflaith, sti,' meddwn i wrth Margret fel yr oedd sŵn ei esgidiau hoelion yn atseinio ar y cowt. 'Ond ei anlwc o ydi hynny, yntê.'

'Mae gen i natur ddannodd,' cwynodd Margret. 'Mae o'n bygwth ers dyddia. Dant cil.'

'Ond mi rydan ni'n mynd i neud cyflaith, tydan Margret?' holais yn daer. 'Yn tydan? Ti wedi gaddo. Margret!'

Yr oedd Margret dlawd wedi gorfod bod yr hogan fawr erioed, ers colli Mam, ac nid yw'r hogan fawr byth yn cael gwneud lol nac yn cael sterics nac yn codi dani. Fy mreintiau i fu'r rheini bob un. A Tomi'n bartner imi. Yr oeddwn i wedi arfer cael ar y mwyaf o'm ffordd fy hun, ar ôl gwneud dipyn o dwrw. A heno nid oedd Bodo Gwen na Tada yma i gadw cow arna i.

'Cyflaith! Margret. Wnest ti addo i mi.'

Yr oeddwn i wedi codi oddi ar y setl ac yn bygwth stampio fy nhraed yn y llawr.

Efallai fod Margret yn meddwl y byddai'n well i ni gychwyn ein bywyd newydd yn gytûn, ac y byddai digon o amser eto i roi trefn arnaf. Neu efallai ei bod yn teimlo'n euog fy mod i wedi cael fy nghau allan o bethau nad oeddwn yn eu deall, ond yn gorfod eu derbyn.

Ond efallai bod arni hithau flys jou o gyflaith i felysu ei dydd.

'Cyflaith amdani 'ta.'

Ar ôl gwneud dipyn mwy o dân yn y *range*, dyma fynd ati i estyn y deunyddiau. Yr oedd blas cryf wedi bod ar y menyn ers wythnosau am fod y gwartheg yn cael eu porthi ar rwdins (wrth fod y borfa yn hir yn dechrau tyfu). Ac felly dyma benderfynu gwneud taffi triog yn hytrach na thaffi melyn er mwyn boddi'r surni. Tra oedd Margret wrthi'n troi ffwl owt efo'r llwy bren, mi lenwais i ddesgil bridd efo dŵr oer i'w rhoi ar sil ffenast y gegin. Byddwn wrth fy modd bob amser yn gollwng llwyaid o daffi berwedig i'r dŵr a'i adael am funud neu ddau. Os byddai wedi clapio, yr oedd y taffi'n barod.

Mi fu'r gymysgedd yn hir yn toddi ac yn codi berw. Yr oedd y menyn fel haearn o galed ar dywydd mor oer a Margret yn gynnil efo'r glo. Hi oedd y feistras rŵan, yntê, ac *in charge of accounts*. A dyna lle'r oeddwn innau fel pi-pi down yn ôl ac ymlaen i'r drws cefn efo llwyaid i'w ddowcio yn y dŵr oedd wedi claearu a throi'n lliw llaeth.

Ar y chweched neu'r seithfed tro mi eisteddais yn

blwmp ar y gadair freichiau ac adrodd 'Ein tad yr hwn wyt yn y nefoedd . . .' yn slo bach, bach o'r dechrau i'r diwedd er mwyn rhoi digon o amser i'r taffi galedu. Cyrhaeddais yr 'Amen' o'r diwedd a chyda sbonc neidio ar fy nhraed a nelu am y drws cefn a'r ddesgil. Ond rhythais yn hurt pan welais ddim ond dŵr ynddi, a dim hanes o'r llwy.

'Hei, Margret!' bloeddiais. 'Brysia, mae yna rywun wedi dwyn y—'

'Ha, ha, taffi da!'

Trois ar fy sawdl reit i wyneb pladras o hogan fawr a'i hwyneb crwn yn llawn chwerthin, a thaffi.

Dyna Dorti.

8

Mae wedi bod yn anodd i mi feddwl am Dorti heb fygu'n gorn, ond ella y bydd ysgrifennu wrth fy mhwysau'n haws ac y bydda i'n iawn ar ôl i mi fwrw iddi. Ella y bydd mynd trwy bethau gam a cham fel agor drws sy wedi bod yn gaead yn rhy hir o lawer. Ac a dweud y gwir, mae'n anodd peidio â theimlo rhyw wên yn bygwth er gwaetha popeth achos mi landiodd hi acw fel lwmp mawr o lawenydd a throi fy myd i ben ucha'n isa.

Cyn pen chwarter awr roedd hi fel pe bai hi wedi bod acw erioed, wedi sodro ei hun yn y gadair freichiau a'i thraed ym mhopty bach y *range* i dwymo. Rhwng y gwres a chnoi'r taffi yr oedd ei bochau crwn yn fflam goch.

'Mi ges reid gan ryw Ifan carier o'r dre,' meddai wrthym o dipyn i beth, 'a fo ddwedodd lle'r oedd y

Gongol Felys 'ma. Nain oedd wedi clywad gan ei chnither sy'n cadw Siop Beehive eich bod chi'n chwilio am forwyn yma. Wna i'r tro, deudwch?'

'Bendigedig,' meddwn i cyn i Margret gael ei gwynt ati i ddweud dim byd.

'Mi rydw i ar lwgu a deud y gwir, genod,' meddai hi wedyn gan gythru am damaid arall o daffi, 'mi rydw i wedi cychwyn odd' adra er tua wyth y bora 'ma. Mae'n wyth milltir o waith cerdded o'r Bwlch acw i'r dre.'

Pan glywodd hynny cododd Margret a mynd drwodd i'r pantri a channwyll efo hi. Mi glywn ei llais hi'n mynd a dŵad wrth iddi ffureta ar hyd y silffoedd.

'Mae yma gig ceiliog iâr ddigon o ryfeddod efo picls,' cynigiodd mewn llais uchel cyn pen ychydig.

Edrychodd Dorti arnaf ac ysgydwais fy mhen yn ffyrnig o'r naill ochr i'r llall. Roeddem ni'n crafu'r bali ceiliog ers dyddiau ac roedd blas cryf wedi dechrau mynd arno. Dyma fi'n gwneud siâp hirgrwn efo fy mys a fy mawd: fel'na.

'Wy wedi'i ferwi fasa'n dda, cofiwch.'

Fynnai Dorti ddim ond cael cysgu yn y gegin y noson honno. Mae'n siŵr ei bod hi'n ei gweld ei hun wedi dŵad yn hen ddigon pell am un diwrnod. Agorodd fotymau ei sgert i gael mwy o le i'w bol oedd yn dŵad dros yr ymyl a gorwedd ar y mat a'i chôt a hen blancad drosti.

Trodd Margret a finnau hi am y llofftydd tywyll, pell er nad oedd acw neb i'n howtluo am ein gwlâu am y tro cyntaf erioed.

Mae'n siŵr bod Dorti wedi llwyr ymlâdd achos yr oedd y dynion wedi bod yn y tŷ yn cael brecwast a ninnau wedi clirio cyn iddi styrio, a hithau wedi cysgu'n sownd trwy'r cwbwl. Mot a ddaeth i'r tŷ a llyfu ei thrwyn beri iddi ddeffro yn y diwadd a dyna hynny o 'molchi a fu. Sbriwsiodd drwyddi ar ôl dŵad at y bwrdd a chael tair brechdan fêl a llond tebotaid o de ac roedd ei llygaid mawr gwyrdd ym mhob man wrth iddi fwyta yn rhyfeddu at bob pictiwr a llestr.

Dim ond y gegin yr oedd hi wedi ei gweld pan gyrhaeddodd yn y tywyllwch y noson cynt, a rhusiodd am ei bywyd pan euthum i â hi ar daith dywys o gwmpas y tŷ, er nad yw'n fawr o'i gydmaru â llawer o dai capteiniaid llongau yn yr ardal yma. Gadawsom Margret i glirio llestri brecwast, bwydo'r moch a'r ieir a dechrau hwylio cinio.

'Dau barlwr!' ebychodd wrth i mi ei thywys drwy'r pasej ac i'r ffrynt. 'Dim ond llawr a siambar a chroglofft sy acw.'

'Stydi Nhad ydi fan'cw a fan'ma yn barlwr gora,' esboniais innau gan sefyll yn y drws. 'I fan'ma y byddwn i'n cael fy hel i drwsio sana erstalwm pan oeddwn i'n hogan ddrwg.'

Edrychodd Dorti a'i cheg yn agored ar y *chaise longue,* y cadeiriau esmwyth efo'r *antimaccassars* a'r cyrtans melfat trymion. Ac yna ar y ffendar loyw a'r *dog irons*, y dannedd siarc mewn câs gwydr, a'r aspidistra yn y pot fflwars mawr ffansi a ddaeth Nhad adref efo fo o Cadiz. Deintiodd draw at y lle tân i gael golwg iawn ar y darlun olew o'r *Pride of Meirionnydd* ym mae Naples gyda mynydd tanllyd Vesuvius yn poeri cols eirias i'r entrychion yn y cefndir. Yr oeddwn wedi gweld yr holl bethau oedd yno filoedd o weithiau, ac eto mi gwelais nhw o'r newydd rywsut trwy lygaid Dorti y bora hwnnw.

'Iesgob,' ebychodd, 'crandrwydd.'

Nid oeddwn i fy hun erioed wedi licio dim ar y parlwr

gora ar gownt y dweud y drefn a achosai i mi gael fy hel yno. A meddwl fel y byddwn yn strachu i drio trwsio'r twll yn yr hosan a hwnnw'n mynd yn fwy bob gafael, a gwepiau'r hen deulu llygadog yn sbio i lawr arnaf o'u fframiau parch.

'Tyd i fyny,' meddwn, ac nid oedd angen gwâdd ddwy waith.

Pan gyrhaeddodd Dorti ben y grisiau safodd yn stond mewn rhyfeddod achos y mae'r landin yma'n ddigon llydan i chi fedru waltsio ar ei hyd mewn steil.

'Faint o lofftydd sydd 'ma?' gofynnodd.

'Pedair.' A dyma fi'n dangos efo fy mys. 'Llofft Nhad a'r llofft orau yn y ffrynt, y fi efo Margret a Bodo Gwen yn y cefn. Mae Tomi'n cysgu yn y llofft stabal efo'r dynion. Tyd efo fi.'

Edrych heb ddweud fawr ddim a wnaeth Dorti pan ddangosais y llofftydd cefn lle cysgwn i a Margret yn y gwely peiswyn a'r hen lofft bach drws nesa iddi lle cysgai Bodo Gwen. Yr oedd rhai o'i phethau hi yn dal ar gefn y gadair a daeth plwc o hiraeth i fynd â 'ngwynt pan welais ei brat a'i chap nos a'i siôl wisgo. Mae'n siŵr mai yma y byddai Margret yn rhoi Dorti i gysgu at heno. Caem ninnau fynd â gweddill pethau Bodo iddi wedyn a dweud wrthi ein bod wedi cael morwyn newydd.

Agorodd llygaid Dorti'n fawr fel dwy soser pan agorais ddrws y llofft orau a gafael yn ei llaw i'w thywys i mewn yno. Mae hi'n glamp o lofft, cymaint â gardd ambell un ac mae'r gorchudd gwely *patchwork* a brynodd Nhad yn Philadelphia, yn sgwariau glas awyr ha' a choch bochgoch a gwyrdd rhedyn newydd a melyn cywion bach yn ddel, ddigon o ryfeddod, ac yn llonni'r hen ddodrefn mawr, duon.

'A phwy sy'n cysgu yn fan'ma?' holodd Dorti. 'Rydw i wedi drysu'n lân erbyn hyn.'

'Neb,' atebais. 'Y llofft ora ydi hon.'

'Yn fan'ma y rhowch chi'r anti?'

Yr oeddem ni wedi bod yn sôn dros frecwast fod fy modryb ar ei ffordd, ac i fod i gyrraedd yn fuan. Tra oedd hi'n disgwyl am ateb i'w chwestiwn, nesaodd Dorti at y gwely, eistedd yn sidêt ar ei ymyl i'w brofi i ddechrau, ac yna troi nes ei bod yn gorwedd ar ei hyd arno, heb dynnu ei hesgidiau na dim. Nid oeddwn i o bawb am roi stŵr iddi am hynny achos mi wn o'r gorau peth mor annifyr yw cael y drefn fy hun. Y cwbwl wneuthum i oedd ei gwylio.

Y nesa peth roedd hi wedi dechrau ei bownsio ei hun yn araf deg bach i fyny ac i lawr ar y gwely, yn araf ar y cychwyn ac yna'n gynt a chynt nes bod ei phen a'i thraed yn codi i gwfwr ei gilydd yn y gwacter uwchben y lliwiau. Wrth iddi fownsio'n uwch ac yn uwch dechreuodd sŵn chwerthin ddŵad allan ohoni; sŵn tincial fel dŵr yn rhedeg dros gerrig. Yna, yr un mor sydyn ag yr oedd hi wedi dechrau bownsio, fe stopiodd, codi ar ei heistedd gan bwyso ei phen ar ei phenelin a gwenu'n bryfoclyd arna i. Sylwais fod ei phlethi'n dal i siglo.

'Gawn ni gysgu'n fan'ma? Chdi a fi?'

Tair ar ddeg oedd Dorti, dim ond ychydig fisoedd yn hŷn na fi, ac yn sbio i fyw fy llygadau'n llawn miri. Gwir mai fel morwyn yr oedd hi wedi dod atom, ond nid oedd yma ddim morwyn wedi bod o'r blaen, ac felly nid oedd gennyf ddim i'w gydmaru. Bodo Gwen oedd wedi arfer gwneud pob gwaith o gwmpas y tŷ, a Margret a minnau'n rhoi help llaw. Ac felly, am a wyddwn i, nid oedd dim yn amhropor i'r forwyn a merch y tŷ gysgu efo'i gilydd yn y llofft orau.

Yn lle ei hateb, dyma fi'n cerdded rownd yr ochor bella ac yn dringo ati ar y gwely. Estynnais am ei llaw gynnas a phlethu dwylo. Gorweddodd hithau yn ei hôl ar wastad ei chefn, codi ei thraed i ddechrau ac wedyn ei phen i'w cwfwr, a dangos i mi sut i godi 'hediad.

'NA!'

Dyna Margret yn martsio o'm blaen i fyny'r grisiau a minnau o'i lled ôl yn rhoi ambell sbonc nerfus. (Cawsai Dorti fenthyg barclod bras a'i hel yn ddigon pell o sŵn y ffrae i bigo tatws efo Seus yn yr hoewal.) Yr oeddem ni ein dwy yn mynd i weld y llofftydd eto, fel pe baem ni erioed wedi eu gweld o'r blaen, er nad oedd dim lle i drafod, dallted. Na dim golwg ildio ar Margret. Wedi'r cyfan hwn oedd y croesi cledd'fa cyntaf ers i Bodo Gwen a Nhad fynd a'i gadael hithau'n ben ac ni wnâi mo'r tro i ryw ddwy gywen fel Dorti a finnau fynd dros ei phen.

Safodd y ddwy ohonom yng ngheg llofft Bodo, y llofft fechan honno ar ben y grisiau efo'r ffenest isel y mae'n rhaid i chi fynd ar eich pedwar i weld Cefn Bryn a'r Foel trwyddi.

'Fedar Dorti ddim cysgu'i hun yn fan'ma,' meddwn i'n bendant. 'Mae hi wedi arfer cysgu efo'i chwiorydd Alys, Elin, Kate a Sera a Moi ei brawd bach. Efo 'peini.' Wyddwn i ddim a oedd Dorti wedi arfer cysgu efo llawn cymaint o 'peini, ond gan ei bod hi'n un o naw o blant, yr oeddwn yn meddwl ei bod yn reit sâff i mi ddweud hynny.

'A fuo hi erioed oddi cartra o'r blaen, cofia. Basai hi'n torri ei chalon?'

Edrychodd Margret arnaf am yn hir heb ddweud dim. Tybed oedd hi'n meddwl cymaint mwy o waith fyddai yna iddi hi pe bai Dorti'n mynd yn ei hôl adra? Ond ni roddodd unrhyw awgrym o hynny, dim ond symud ymlaen i'w llofft hi a minnau.

Yr oeddwn wedi meddwl yn barod beth i'w ddweud yn y fan yma.

'Mi fasat ti'n cael fan'ma i ti dy hun wedyn. Yli braf fasat hi arnat ti.'

Trodd Margret ar ei sawdl heibio i mi a'i ffwtwôcio hi ar hyd y landin i'r ffrynt.

Dim ond agor drws llofft Tada. Fyddai o ddim adre am gyfnod o rhwng wyth mis a blwyddyn bellach. Ac yn ystod y misoedd hynny byddai'r llofft hon yn wag bob nos. Ac eto ni soniodd hi na minnau yr un gair y bore hwnnw am i neb gael cysgu yn y llofft fawr foethus yma, efo'i dodrefn *walnut* a'r gorchudd gwely glas a phiws trwchus o frethyn. Er, rwyf yn siŵr na fyddai Mam wedi meindio, na Tada petai'n dŵad i hynny.

Ymlaen â ni felly i'r llofft orau. Yr oedd y llofft hon a llofft Tada yn wynebu'r môr, ac yr oedd hi'n gallu bod yn oer gynddeiriog ynddynt gefn gaeaf. Ar dywydd stormus, prin y gallech chi weld allan gan y byddai cymaint o heli môr wedi hel yn blastar ar y gwydr. Heddiw, nid gwynt a drycin oedd yn ei gwneud mor ddifrifol o rynllyd yn y llofft orau nes y gallech weld eich gwynt yn codi o'ch blaen, ond yr heth oedd wedi gafael fel gelen o'n cwmpas. Cadwai'r llofftydd cefn yn reit gynnes drwy'r cyfan gan eu bod uwchben y *range*, ond nid oedd dim gwres wedi bod ar gyfyl y llofft hon ers y gaeaf cynt. Syllais yn ddyfal i'r lle tân gwag.

'Mae'n well i ti ddechra gneud tân yma,' meddwn i, 'neu mae'n beryg i Anti Netta gael niwmonia.'

Ni chefais yr un ebwch o ateb, ond o syllu i fyny i

lygaid Margret, gallwn weld ei meddwl yn troi hynny a fedrai o. Penderfynais roi un cynnig arall arni.

'*Governess* oedd hi, cofia, dim meistras y tŷ. Synnwn i ddim nad yn llofft gefn y mae hi wedi arfer bod.'

Cipedrychodd Margret arnaf am yr eiliad ferra posib, mi gofiaf, cyn cychwyn yn ei hôl ar hyd y landin. Stopiodd pan gyrhaeddodd hen lofft fechan Bodo Gwen a chwythu allan fel caseg.

'Mi a' i i fan'ma,' cyhoeddodd. 'Mi gaiff Modryb fynd i'n hen lofft ni, ac mi gei ditha a'r hogan 'na fynd i'r llofft ora gan eich bod chi'n ifanc a'ch gwaed chi'n gynnas. Ond mi galwn ni hi'n llofft bella o hyn ymlaen, nid llofft ora.'

Yr oeddwn i wedi gwirioni cymaint fel y bu'n rhaid i mi ddal arnaf fy hun rhag gwichian, sboncio i fyny ac i lawr yn f'unfan, a swsian Margret. Ond yr oeddwn yn ddigon call i beidio. Ac yr oeddwn yn ddigon call hefyd i weld fod fy muddugoliaeth i yn siŵr o fod yn bilsan go chwerw iddi hi.

Er, o edrych yn ôl rŵan, mi allaf i weld bod Margret hithau wedi cael buddugoliaeth gynnil iddi hi ei hun yn sgil fy un i a Dorti. A dweud y gwir, yr oedd y set-yp yn ei siwtio hi i'r dim.

9

Yr hyn nad oeddem ni wedi ei amgyffred ein tair, ac yn wir sut y gallem ni amau hyd yn oed, oedd ein bod yn cweirio gwely cythreulig i ni ein hunain y bore hwnnw. Rywsut, yr oedd fel petai'r rhew miniog ar y llyn a'r barrug trwm hyd y gwrychoedd a than draed wedi rhewi ein synhwyrau ninnau hefyd, a'u dal yn gaeth dan glo.

Ar ôl cinio – mwtrin moron a chig oer rwy'n cofio yn iawn – dyma'r tair ohonom yn mynd ati i ddechrau paratoi ar gyfer dyfod Anti Netta. Hen lofft fach ddigon cyffredin oedd y llofft gefn lle cysgwn i a Margret, yn wynebu i lawr at y ddôl a'r llyn, ac nid oedd dim byd wedi ei wneud iddi o fewn fy nghof i. Rhoi gwedd newydd ar y fan honno i beintio dros ein cydwybod ein hunain oedd y dasg gynta.

Syniad Dorti oedd gwneud cyrtans ac yr oedd Margret a minnau'n ei weld yn syniad ardderchog iawn. Cyn mynd ati i fesur, rhoesom ddwy botel bridd yn y gwely mawr yn y llofft bella iddo ddechrau eirio, ac wedyn dyma fynd ati i dyrchu drwy'r hen gist fawr yn y pasej i weld beth ddeuai i'r fei yn ddeunydd cyrtan arbed i ni orfod mynd i gost.

'Reit,' meddai Dorti oedd ar ei gliniau o flaen y gist yn twrio fel ci am asgwrn. 'Dowch i ni weld beth sy'n fan'ma.' Taflodd domen o hen siolau a chobenni a pheisiau dros ei hysgwydd nes dod at drugareddau eraill nad oeddwn i a Margret erioed wedi palu'n ddigon dyfn i ddod o hyd iddynt er ein bod wedi bod yn pasio'r gist yn ôl a blaen bob dydd o'n hoes.

Ffrog las golau o sidan oedd y darganfyddiad cyntaf, gyda llewys hir a ffrilen bach les ar y garddyrnau ac o gwmpas y gwddw a phatrwm cywrain wedi'i bwytho ar ei tu blaen oedd yn siâp sgwâr ac ychydig bach yn oleuach, yn lliw clychau glas. Daliodd Dorti y wisg i'r golau ac roedd fel hi fel petai wedi ei thorri allan o glwt o fwtsias y gog. Rwy'n siŵr mai Mam oedd wedi'i phwytho iddi hi ei hun pan oedd yn wraig ifanc er na welais ei *hinitials* arni. Roedd pais wen stiff wedi'i ei gwnïo'n sownd yn y gwaelod ac yn gwneud i'r ffrog sefyll allan yn ddigon o sioe. 'Wel, dyma!' ebychodd Dorti'n fuddugoliaethus gan ddal y wisg o'i blaen i ni gael ei hinspectio.

Ffrog Mam oedd hi. Ac roedd fel petai yna bictiwrs o atgofion ym mhlygiadau'r sidan; ni allwn i mo'u gweld ond mi welais i nhw'n adlewyrchu yn wyneb llwyd Margret ocdd yn sefyll g'werbyn â fi. Tybed oedd hi'n cofio Mam yn gwisgo'r ffrog ryw dro i fynd i Bethania neu i fynd i'r lan yn swelan o'i cho ar un o'u mordeithiau i Sbaen? Cododd oddi ar ei chwrcwd gan gipio'r ffrog o afael Dorti a'i dal yn agos ati. 'Dim honna,' meddai. Edrychodd Dorti'n ffug ddiniwed arna i ac ysgrytio ei hysgwyddau, cystal â dweud 'Be ddaeth iddi?' Yna ailddechrau tyrchu. Daliodd Margret y ffrog yn agos iawn ati.

Ar y dowc nesaf daeth Dorti o hyd i ffrog frown golau efo rhesen ddu trwyddi. Daliodd hon eto i'r golau. Ffrog frethyn ydoedd; ffrog wisgo, wedi bod yn ffrog ail orau ryw dro, mae'n siŵr. Un o ffrogiau Mam oedd hon fel y llall, yn sicr ddigon, achos fyddai Bodo Gwen byth wedi medru chwythu ynddi, hyd yn oed cyn iddi ddechrau twchu o ddifri. Ac roedd hi'n edrych yn hen ffasiwn braidd ac oglau hen arni hi fel petai neb wedi ei gwisgo ers amser maith.

'Wel, genod, be ydach chi'n ddeud?'

Ni ddywedodd Margret ddim y naill ffordd na'r llall. Yr oedd hi wedi cael cip ar fonet o sidan glas golau a blodau glas tywyll ar hyd y ffrynt yng ngwaelod y gist, ac yn plygu i'w estyn. Wedi gweld yr oedd hi, bownd o fod, ei fod yn mynd efo'r ffrog las – yn *outfit*. Yr oedd hi fel petai hi wedi dŵad o hyd i drysor yn wir. Ac mi gwela i hi'r munud yma, yn dal y ffrog a'r fonet wrth ei brest, a golwg bell yn ei llygaid, fel petai hi'n edrych dros fy ysgwydd i le braf ble roedd hi wedi bod ryw dro – rywle na chawn i na Dorti byth fynd yno. Ac edau frau y sidan yn ei thynnu hi'n ôl.

Ond yr oeddem ni ein dwy eisio symud ymlaen.

Estynnodd Dorti siswrn mawr o boced ei brat a dechrau torri.

10

Yr wyf wedi bod yn hir yn cyrraedd cyn belled â hyn yn fy stori ac y mae wedi fy mlino. Yr wyf yn meddwl yn siŵr mai'r gwres sy'n fy llethu ac yn mynd â'm nerth. Mae fy nghroen i'n olau a tydi'r tywydd poeth yma ddim yn dygymod efo mi yn tôl. Mae hi wedi bod yn felltigedig o deg ers dyddiau, a chawsom drafferth fawr i gorddi heddiw. Yr oedd y menyn yn 'cau â dŵad ar gownt y gwres er i mi droi a throi y fuddai nes bod fy mraich yn ysu. Mi ddaeth Margret ata i i'r tŷ llaeth yn y diwadd, fy ngweld i wedi bod yn hir, a rhyngthom mi gawsom y menyn i glapio. Heno yr af i â fo i'r Llan, ar ôl iddi oeri tipyn.

Ar ôl i ni orffen corddi a gadael y pwysi menyn ar y llechen, cerddodd Margret a finnau at ffynnon ucha i nôl diod o ddŵr oer. Fyddwn i byth bron yn mynd yno bellach, ers i ni gael dŵr yn tŷ. Dim ond cymryd diod bach yng nghwpan ei dwylo a ddaru Margret ond mi dynnais i fy esgidiau a'm sanau a rhoi fy nhraed yn y pwll. Aeth Margret yn ei hôl i'r tŷ wedyn i hwylio te ond mi eisteddais yno nes bod fy nhraed yn oer fel cerrig. A hiraf yn y byd yr oeddwn i'n eistedd ar y garreg nadd ar bentan y ffynnon, dyfnaf yn y byd yr oedd fy nhraed yn suddo'n araf deg i'r llysnafedd o dan y pistyll. Ac yr oeddent yn teimlo mor drwm nes i mi feddwl na fyddai gen i byth mo'r nerth i'w lygio nhw allan eto.

Yr oedd Margret wedi cael y llyfr *Emma* yn bresant gan Tada cyn iddo fynd i ffwrdd (a minnau wedi cael llyfr gan Moelona; chofia i ddim beth gafodd Tomi) ac o'r munud y dechreuodd arno yr oedd fel petai hi wedi symud i fyw at Emma a'r teulu yn ei meddwl. Ni fyddech byth dragywydd wedi gweld Tada na Bodo Gwen yn eistedd i ddarllen tan ar ôl swper, a phob gwaith am y diwrnod wedi ei wneud, ond dechreuodd Margret ar *Emma* ar ôl brecwast fore dydd Iau, gan weiddi ordors ar Dorti a minnau rhwng penodau. A chan fod y penodau yn y llyfr *Emma* yn reit hir a'r print yn fân, cafodd Dorti a minnau ffatsh i osod sigl dennyn yn y tŷ gwair a chwarae efo'r cŵn bach newydd, a sugno licis bôl yr holl ffordd o'r Llan adra – bob yn ail â gwneud ein gorchwylion. O fewn tridiau, yr oeddem yn bennaf ffrindiau.

Dorti a minnau a bwythodd y cyrtans yn y diwedd, bnawn dydd Gwener y Groglith efo edau ddu dew, ac nid oeddent fawr gwell, os o gwbwl, na'r hen gyrtansiau gwyrdd oedd wedi bod yn y llofft ers yr holl flynyddoedd. Mi fethom ni ein dwy yn glir â chael hyd i'r weiran oedd wedi bod yn dal yr hen gyrtans, ac felly rhag ein bod yn styrbio Margret, a honno'n flin efo ni, mi aethom i'r beudai a chael hyd i hen benffrwyn rhaff yn crogi yn y stabal, datod dipyn arno a chlymu dau ddarn ohono fo yn ei gilydd wedyn i wneud peth dal cyrtan. A gobeithio na fyddai'r ladi pan gyrhaeddai hi ddim yn un rhy barticlar.

Yr oeddem ni wedi ffeindio, dim ond i ni ofyn

rhywbeth i Margret tra oedd hi â'i thrwyn yn *Emma*, a gofyn yn glên, y caem ni wneud mwy neu lai unrhyw beth yr oeddem ei eisio. Erbyn nos Wener yr oedd y cyrtans newydd yn eu lle, a chan na fyddai'r dynion yn tynnu unrhyw waith mawr yn eu pennau drannoeth, yr oedd golwg llwyr ymgolli am y bwrw Sul cyfan ar Margret. Pan ddaeth Edwart Dafis i'r gegin am sgwrs ar ôl gorffen porthi'r noswaith honno, bu'n rhaid i'r creadur eistedd yn sbio ar Margret yn darllen, ac yn ffidlan efo'r daint plagus yna oedd ganddi, achos nid oedd dim sgwrs i'w chael. Er, yr oedd i'w weld yn reit fodlon.

Manteisiodd y ddwy ohonom ni ar y cyfle i ofyn a gaem gario tân i'r llofft bellaf ar shefl dân; byddai Bodo Gwen wedi gwaredu pe byddai'n gwybod gan ei fod yn un o'r pethau perycla posib yn ei meddwl hi. Ond yr unig beryg i Margret oedd peryg y collai ei lle wrth i ni dynnu ei sylw oddi wrth y stori. Mi oeddwn i wrth fy modd efo'r oglau llosgi oedd yn mynd i ganlyn y shefl a'r ras wyllt yn y pen dwaetha i gyrraedd y grât cyn i'r rhaw fynd yn rhy annioddefol o boeth i afael ynddi. Dorti a gafodd y job o gario'r glo a daeth â phwcedaid nobl i fyny. Ar ôl cael y tân i dynnu a thorri'r ias yn y llofft, i lawr yn ei holau â ni (yn ein cobenni) gyda chais arall: a gaem ni fynd â *hot cross buns* i fyny i'w crasu ar fforc. O'r gorau, am y tro. A thebotiad o de? Ochenaid ddiamynedd. Ar un amod (a bu'n rhaid i Margret lusgo'i llygaid oddi ar y dudalen i'n siarsio'n llym): na fyddai'r un o'r ddwy ohonom yn deintio i lawr y grisiau wedyn ac na fyddai'r un siw na miw allan ohonom tan y bore.

Dorti a grasodd y byns a phlastro jam yn dew arnynt, tywallt y te i'r cwpanau mawr a chario'r cyfan i'r gwely ar hambwrdd. Yr oeddwn i'n eistedd yno'n barod ac yn methu gweitiad iddi ymuno â mi i'r trêt mawr yma gael dechrau mewn gwirionedd.

'Be wnawn ni fory, Dorti? Wyt ti'n meddwl y basai'n fwy o hwyl mynd i'r eglwys nag i Bethania?'

'Ella y basai'n well i mi aros adra i wneud cinio i chi?'

'Na. Ddydd Llun fydd y cinio; mi fydd hi'n ŵyl, bydd.'

''R eglwys amdani 'ta, ia? Mae Nhad yn deud fod pawb i fod i gymuno yn eglwys y plwy' Pasg. Ond mi fasa fo'n deud hynny a fynta'n saer coed ar stâd.'

'A gei di weld Bodo Gwen. A'r Person.'

Setlodd Dorti yn gyfforddus wrth fy ochr a dau obennydd o dan ei phen. Yr oeddwn wedi sôn ychydig wrthi am y storïau oedd wedi bod yn mudferwi yn y plwy, i'w chadw'n ddiddig yn fwy na dim tra oeddem wrthi'n hemio'r cyrtans.

'Mae yna rai hen bobol yn dal wrthi, wsti,' meddai wrthyf drwy lond ei cheg o fynsan, a'i llygaid yn pefrio.

'Tybad?'

'Oes yn tad mawr. A tydyn nhw ddim yn gneud er mwyn cael babi na dim.'

'Wel pam 'ta?'

'Am eu bod nhw'n enjoio'u hunan 'tê.'

Y pryd hynny, ni allwn i ddychmygu unrhyw bleser gwell na chael bod yn glyd yn y gwely mawr efo Dorti, yn bwyta byns ac yn yfed te melys ac yn siarad a siarad. Ar ôl i ni orffen, rhoddais yr hambwrdd ar lawr yn ddigon pell oddi wrth y po cyn dringo'n ôl i'r plygion braf. Yr oedd Dorti wedi gaddo y byddem ni'n cael chwarae 'Pry bach o Bwlch yn mynd am dro dros y mynydd a thrwy'r dyffryn i weld pry bach o'r Llan' ar ôl gorffen y wledd.

Trois fy nghefn ati a datododd hithau'r cylymau yng nghefn fy nghoban i'r pry bach gael dod i mewn.

Yr oedd Dorti wedi codi a mynd ynghylch ei gwaith cyn i mi ddeffro drannoeth, a rowliais draw i'w hochor hi i chwilio am ei chynhesrwydd a'i hoglau. Ond yr oedd y sawr cryf, naturiol oedd arni pan gyrhaeddodd acw'n dechrau pylu'n barod, a'r cwbwl a glywn i oedd sebon coch a *moth balls*. Rhoddais fy ngwynab o'r golwg yn y pant lle'r oedd ei phen hi wedi gorwedd drwy'r nos a chwythu i mewn ac allan yn gyflym nes i mi ddechrau teimlo'n chwil.

Pan gyrhaeddais y gegin, yr oedd y dynion wedi mynd allan i orffen porthi a godro a dim ond Tomi yno'n gorffen ei de. Yr oedd Margret fwy o gwmpas ei phethau heddiw a dim osgo darllen, er nad oedd acw neb i ddweud wrthi am beidio chwaith. O'r diwedd sbotiais *Emma* wedi ei gosod ar ben y cwpwrdd gwydr o gyrraedd temtasiwn – efallai ei bod hi'n ei licio hi gymaint fel nad oedd am ei gorffen yn rhy fuan. Gofynnais iddi oedd hi am ddŵad i'r eglwys efo ni, ond i Bethania roedd hi am fynd, medda hi. Ar hynny dywedodd Tomi nad oedd o am fynd i'r un man, estyn ei dun baco o'i boced, *if you please*, a rowlio smôc iddo fo'i hun fel petai yn sgweiar yn ei blas.

Ond cawsom weld faint o sgweiar oedd o pan ddaeth Dorti drwodd ar hanner gwisgo amdani yn ei phais a'i chrys isa. Yr oedd hi'n meddwl fod y dynion i gyd wedi mynd allan yr un pryd ac wedi dŵad i'r gegin i chwilio am edau a nodwydd i drwsio hem ei sgert. Er mai dim ond ychydig fisoedd yn hŷn na mi yw Dorti, yr oedd dipyn yn fwy lysti yr adeg honno a siâp del ei brestiau i'w weld yn codi yn y fest. Ni chyffrôdd hi lawer pan welodd hi Tomi, am pam wn i ddim, os nad am fod ganddi ddau neu dri o frodyr hŷn ac yn fistras gorn arnynt. Llygaid gleision a gwallt heb weld crib a chymylau o fwg baco a welodd hi.

Ond fe welodd Tomi bethau y mae llawer o hen lanciau yn byw oes heb eu gweld, ac aeth yn fflamgoch, dechrau pesychu'n ddifrifol, a gorfod mynd allan am wynt.

Mi euthum innau ar ei ôl i wneud yn siŵr ei fod yn iawn. Dal i dagu a phoeri yr oedd o. Gorffennodd ddiffodd ei stwmpyn yn ofalus a'i roi'n ôl yn ei dun baco.

'Rhwng honna,' meddai gan amneidio i gyfeiriad Dorti, 'Margret a chditha a'r bali beth arall sy ar y ffor' yma, mae 'na ormod o ferchaid o'r hannar.'

'Ond Tomi . . .'

'Gad lonydd, Idi.'

Byddai'n gas gan Tomi glywed sôn am ysgol, mi wyddwn i hynny, a dim ond yn anaml iawn y byddwn i'n gwneud, pan oedd o'n gofyn amdani. Ond doeddwn i ddim na wyddwn inna sut i binsio.

'Wel, mi fyddi di'n d'ôl yn lodjio yn y dre ymhen 'thefnos, yn biwpil bach da yn Friars School for Boys a dim ond Mrs Furlong dew tŷ lodjin i d'atgoffa am y rhyw deg, felly . . .'

Yr oedd Tomi wedi bod yn cicio desgil fwyd y cathod wrth wrando arnaf, a'i ddwylo wedi eu plannu ym mhocedi ei grysbas i gadw eu gwres. Sylwais fod bwyd y cathod wedi rhewi yn y ddesgil ers i Margret roi'r sbarion allan ar ôl brecwast. Trodd ataf ar hynny, ac meddai dan ei wynt:

'Na fydda. Rydw i wedi cael llond bol, Idi.'

Edrychais arno gan ddisgwyl mwy.

'Ar y lle yma. A'r ysgol.'

'A merchaid?'

Yr oeddwn wedi clywed Annie Pant yn dweud yn 'r ysgol ar ôl ei chwaer fod Lizzie Tai Teras wedi stopio ysgrifennu at Tomi i Fangor ac yn sythu am y drygist newydd. Nid oedd i wybod fy mod i'n gwybod am hynny. Ei ateb i'r cwestiwn oedd rowlio ei lygaid i gyfeiriad y gegin a Dorti. Tybed ei fod yn ofni ei bod hi wedi cymryd ffansi ato?

'Mae'i chalon hi'n iawn,' meddwn i.

'Felly ro'n i'n gweld,' atebodd Tomi'n gwta a chwarddodd y ddau ohonom.

Cychwynnodd i lawr y llwybr gro am yr iard a'r llofft stabl ar hynny, a'i ben i lawr. Ond yna arhosodd yn ei dracs a throi'n ôl fel petai wedi ailfeddwl am rywbeth.

'Rydw i wedi cael cynnig talu 'mhasej i'r Mericia, Idi. I New York.'

Edrychais arno'n gegrwth.

'I be'r aet ti i fan'no?'

'I'r gwaith ithfaen yn Red Slate, Wisconsin. Mae 'na griw o hogia'r chwaral yn mynd. *Steerage*. O Nerpwl. Pumpunt.'

Yr oeddwn yn rhy syn i ddweud dim ac eto fe ddaeth y cwestiwn o'm ceg ar ei stêm ei hun rywsut.

'A pwy sy wedi rhoi'r bumpunt 'ma i ti? Nid Tada.'

'Dim peryg. Taid. Chwarelwrs yn tynnu efo'i gilydd, wel'di.'

'Mae o ar fai.' Geiriau Margret o'm genau i.

'Nac'di. Mae o'n rhoi'r presant gorau ges i erioed i mi. Gwynt dan f'adan.'

Meddyliais innau am yr holl anrhegion yr oedd Tada wedi eu cario adra i ni dros y blynyddoedd: rholiau sidan, sowldiwrs pren o'r Almaen, ieir dandi o Ffrainc, cyraints a syltanas o Piraeus yng Ngwlad Groeg, bagiau lledr o'r Eidal a Jaco y parot (bellach droedfedd o dan y goeden afalau) – rhywbeth amheuthun oddi ar bob taith. Yr oedd y presantau rheini wedi eu dewis yn gariadus i'n plesio ni'r genod a Bodo, ac i godi awydd ar Tomi i ledu ei esgyll a mynd i weld y byd ar sgwner dri mast fel ei dad.

Nid mewn *steerage* ar stemar i fyd newydd i greu bywyd fel y mynnai o ei hun.

'Paid â mynd, Tomi.' Yr oedd y barrug wedi gwneud fy llais yn dynn ac yn ddiarth.

Trodd yn ei ôl a dŵad ata i y tro yma, a 'ngwasgu i am funud bach.

'Mae hanner y byd yn mynd i Mericia, Idi,' meddai. 'A fedra i ddim diodda heb gael mynd efo nhw.' Edrychodd yn graff ar fy wyneb, a rhedeg ei fys ar hyd fy nhrwyn. 'Tyrd i fy nôl i, pan wyt ti'n barod.'

'Tomi.'

Ond ddaru o ddim troi rownd wedyn. Yr oedd o wedi rhoi ei fryd ar y wlad fawr ac nid oedd dim troi'n ôl i fod.

Pan droais i o'r diwedd i fynd yn f'ôl i'r tŷ, cyn i'r dŵr yn fy llygada i fferru, dyna lle'r oedd Margret a Dorti'n sefyll wrth ymyl ei gilydd yn ffenest y gegin fel dau gi tsieni.

Ar ôl hynny, nid oedd arnaf fymryn o eisio mynd i'r eglwys nac i Bethania, ond yr oedd Dorti wedi edrych ymlaen, ac felly llusgais i wisgo amdanaf yn y diwedd. Yr oeddwn wedi penderfynu rhwng y llwybr a drws y cefn nad oeddwn am ddweud wrth Margret fod Tomi'n madael neu byddai allan acw. Pan ofynnodd hi am beth roeddem ni wedi bod yn ffraeo dyma fi'n dweud fy mod wedi clywed fod ganddo gariad, a'm bod wedi meddwl erioed mai fi oedd ei hogan o. Chwarddodd Margret yn harti pan ddywedais i hynny, fy ngweld i yn ddiniwad, debyca. Ac o edrych yn ôl rŵan, mae'n siŵr fod y stori ar y pryd jest y peth roedd hi am ei glywed.

Ond hi oedd yn ddiniwad.

Yr oedd hi'n hwyr arnom yn cychwyn erbyn i mi blethu 'ngwallt a ffeindio fy het a chawsom fwy o drafferth wedyn i roi rhyw lun o drefn ar Dorti. Côt ar ôl ei mham oedd ganddi, a honno'n rhy hir yn y llewys a dim pwt o het; dywedodd y byddai hi'n arfer gwisgo cap stabal o gwmpas y lle a'i bod wedi gorfod gadael yr unig het barchus adref gan mai honno a wisgai ei mham a'i chwaer hefyd (ond nid ar yr un pryd). Rhoddodd Margret fenthyg ei het hi ei hun iddi, a dweud yr arhosai adref gan edrych fel merthyr. Gan ei bod yn rhewi'n gorn, a dim gwres yn yr eglwys, cafodd Dorti fenthyg dwy o'r hen beisiau o'r gist yn y pasej i'w rhoi o dan ei sgert denau. Yr holl ffordd i'r eglwys edrychai fel bwi mewn storm a ffrilen wen yn mynnu dŵad i'r golwg o hyd.

Mi clywn i nhw'n canu y Gloria wrth i ni nesu ac felly yr oeddem yn reit ulw hwyr. Helpodd Dorti fi i droi'r ddolen ar y drws sydd bob amser yn stiff ac wedyn bu'n rhaid i ni stwffio dros draed pobol i'r cefn lle nad oedd dim mat na stôl i ni benlinio, dim ond y llawr carreg. Yr oedd 'r eglwys dan ei sang gan ei bod yn Basg a phob pagan bron wedi troi i mewn i gymuno. Yr oedd Bodo wedi cyrraedd o flaen y rhan fwya ohonynt, mi wranta, achos mi gwelais i hi'n eistedd reit yn y tu blaen o dan y pulpud. Gwisgai siôl goch tywyll efo patrwm *paisley*, newydd i mi ac roedd ei braich ddrwg yn rhydd ac i'w gweld yn berffaith esmwyth. Edrychai yn ddyfal ar y Person a safai o'i blaen wrth yr allor ac edrychai yntau arni hi weithiau yn lle ar y llyfr.

'Credaf yn un Dduw, Tad Hollalluog
Gwneuthurwr nef a daear,
A phob peth gweledig ac anweledig . . .

60

Edrychodd Dorti arnaf a gweld ble'r oedd fy llygaid wedi eu serio. Yna rhoi rhyw winc fawr hwyliog gystal â dweud ei bod wedi gweld peth felly o'r blaen. Yr oedd rhywbeth yn y winc a wnaeth i mi deimlo'n annifyr – fel petawn i wedi gwneud tro sâl â rhywun, neu ella mai am mai yn 'r eglwys yr oeddem ar y pryd (er nad oedd hynny erioed wedi gwneud i'r person ci hun deimlo'n annifyr chwaith). Yn fwy na dim yr oeddwn i'n flin efo mi fy hun am rannu cyfrinach nad oeddwn i ddim yn berffaith siŵr ohoni. Ar y llaw arall, yr oeddwn yn berffaith sicr o gyfrinach Tomi ond nid oedd hynny'n ei gwneud yn ddim haws ei rhannu.

Tomi. Yr oeddwn i am fynd i grio wrth feddwl amdano fo'n pacio'i ddillad yn y llofft stabal acw i gychwyn am Nerpwl, a rhai ohonynt ddim hyd yn oed yn lân, ella. Tomi, oedd yn bwysicach i mi na'r Person na Bodo Gwen na Dorti na'r Ysbryd Glân, hyd yn oed. Dyma fi'n penderfynu gwneud ystum eisio taflu i fyny, cogio, ac yn codi i fynd allan cyn y weddi fawr. Yn dechrau adrodd y weddi fawr roedd y Person.

Cododd Dorti i ddŵad allan efo fi ac eisteddodd y ddwy ohonom ar ymyl un o'r beddi. Yr oedd y dŵr wedi rhewi yn y fas a chennin Pedr yr wythnos cynt wedi deifio a gwywo.

'Be s'arnat ti, Edith?' gofynnodd. ''Doeddat ti ddim eisio mynd i'r ffrynt i gael y bara a'r gwin?'

'Dolur bol,' meddwn i. 'Dos di.'

'Na,' meddai. 'Mi ga i ddŵad eto.' Meddyliodd am dipyn cyn ychwanegu. 'Mae'n lot neisiach nag eglwys ni. Rydw i'n licio dillad y côr. A'r ogla da 'na.'

'Yr arogldarth.'

'Hwnnw. A'r cyfyr bwr' crand.'

Mae'n siŵr fod Dorti yn gweld nad oedd dim llawer o

hwyl arnaf, yn gweld bod rhywbeth wedi fy nhaflu, a heb wybod pam. Gafaelodd yn fy nwylo a cheisio stwffio ei dwylo hi ei hun i mewn i fy mwff ffwr dros fy rhai i, ond 'd aen nhw ddim. Wedyn gafaelodd yn fy mhlethi hir melyn a'u troi ben ucha'n isa a gwneud iddynt barêdio a dawnsio, i fyny ac i lawr a rownd a rownd o flaen fy llygaid. Estynnodd fy nwylo i gydiad ynddynt wedyn a chodi ei phlethi trwchus ei hun i'w cwfwr. Yr oedd wedi clymu'r rubanau glas arnynt mewn dolen, nes eu bod yn edrych fel llygaid mawr rhyw nadroedd yn sigl ddawnsio, fel rhai'r dyn efo'r llian am ei ben yn y syrcas.

Ond nid oedd hynny chwaith yn ddigon i wneud i mi chwerthin. Felly rhoddodd y gorau iddi am dipyn ac eisteddodd y ddwy ohonom yno ar ochr y bedd a'n penolau'n oeri, braich Dorti amdanaf yn glên, yn aros i weld Bodo Gwen cyn troi am adref.

Ymhen dipyn o amser mi clywn i nhw'n llusgo canu 'Oen Duw' ac mi wyddwn y byddai'r gwasanaeth yn tynnu at ei derfyn cyn bo hir. Ond tynnwyd ein sylw oddi wrth y canu gwael gan sŵn arall annisgwyl, sŵn peiriant yn chwyrnellu i fyny'r allt gul ac yn troi i'r dde i gyfeiriad yr eglwys, ac i'w glywed yn blaen dros y canu a chrenshian y graean ar Draeth Pella.

Y munud nesaf daeth car mawr hir du i'r golwg, mwy na char y doctor o lawer iawn ac yn smartiach na dim cerbyd y ffordd yma. Stopiodd wrth borth yr eglwys a chamodd dynes denau mewn dillad duon o'i phen i'w sawdl allan ohono. Yr oedd ganddi ambarél du a het ddu efo blodau duon arni. Wrth iddi ddŵad allan o'r car, yr oedd yn troi ei phen i'r dde ac i'r chwith ac i'r dde eto.

'Yli, cocrotshan fawr,' meddai Dorti, gan roi pwniad i mi ac amneidio ati.

Dechreuodd y chwerthin godi yng ngwaelod fy ngwddw ond bu'n rhaid i mi roi fy nwrn i'w atal rhag dŵad allan. Yr oedd y gocrotshan wedi dŵad trwy'r giât heb oedi ac yn mangamu ar hyd y llwybr gro tuag atom ni a'i chyrn plu yn cwafro yn yr awel. Yr oedd ei gwynab fel drychiolaeth o wyn a phatsys coch dolurus o gwmpas ei llygaid. Am fod natur dyfrio ynddyn nhw, ella. Safodd o'n blaenau a gofyn yn fawreddog mewn Cymraeg oedd fel petai o heb fod allan o'r cwpwr' am yn hir iawn:

'Borc da. A welsoch chi'r Vicar, ferched?'

Cododd Dorti'n sbriws a smwddio ei dillad cyn dweud mwya diniwad, a'i llygadau'n sleidio'n ddrwg i nghyfeiriad i.

'Trïwch yr eglwys, Musus.'

'Miss i chi,' cywirwyd hi'n fawreddog. '*Miss Annette Griffiths, now residing at y Gongl Felys Estate, Village of Llanfair.*'

Edrychodd Dorti a minnau i fyw llygaid ein gilydd am ennyd cyn troi'n ôl i wynebu'r gocrotshan hon oedd ar fin ymgartrefu dan yr unto â ni.

11

Mi fu Margret a Seus a minnau yn bedyddio'r cesig a'r ebolion heddiw. Y mae hi'n dal yn andros o boeth yma ac roeddem yn gorfod dal pennau'r ceffylau i fyny neu yr oeddent am yfed bob gafael ac yn difetha'r seremoni. Ni fyddem byth yn arfer bedyddio cyn i Dorti ddŵad yma, ond newidiodd hi bopeth yma er na fuo hi efo ni fawr iawn i gyd. Un o'r pethau hynny a ddaeth hi gyda hi oedd y bedyddio. Yn y gwanwyn yr arferai'r hen bobol fedyddio yn ei hardal hi, mewn afon redegog, meddai Dorti wrthyf un noson pan oeddwn i'n methu cysgu, ond gan nad oes gennym ni ddim afon ar y tir yma fe arweiniom y ceffylau i lawr at y llyn. Nid oedd Edwart Dafis am gael dim byd i'w wneud â'r fath 'lol gythraul' ond fe ddaeth Seus a Margret efo ni'n llawen a mwynhau'r ddefod o wneud arwydd y groes ar eu talcenni gymaint â ninnau. Yr oedd Seus wedi cael hyd i hen rubanau fyddai'n addurno'r stalwyn yn y llofft stablau ac wedi eu plethu i fwng y ceffylau – rubanau glas tywyll a choch drwy'i gilydd.

Mis Ebrill oedd hi y tro cyntaf hwnnw, yn sicr, achos yr oedd Miss Netta wedi cyrraedd ond wedi cau arni ei hun yn y parlwr a ninnau wedi mynd ati y munud y cawsom ei chefn. Wrth ruthro mi wlychom ein pedwar a bu'n rhaid gadael ein dillad yn y llofft stabal i sychu. Prince a Biwt a Bes a fedyddiwyd y tro hwnnw a heddiw Prince a Bes eto a'i hebol glas, Pendefig. Syniad Margret oedd bedyddio heddiw, am ei bod wedi bod yn brysur arnom yn y gwanwyn, ac i godi 'nghalon i, ond codi arswyd arna i ddaru sefyll hyd at fy mhennau gliniau yn nŵr oer, llonydd y llyn.

Nid oedd Miss Netta i wybod pwy oeddem ni, wrth gwrs, y diwrnod cyntaf hwnnw ger yr eglwys, achos nid oedd erioed yn ei bywyd wedi ein gweld o'r blaen. Iddi hi, dwy hogan flêr a rhyw olwg be-wna-i arnyn nhw oeddem ni. Ar ôl cael y wybodaeth a fynnai gennym cerddodd yn urddasol at borth yr eglwys ac eistedd yn dalsyth i aros am y Person gan syllu'n syth ar y palis gyferbyn. Edrychodd Dorti a minnau'n ddrygionus ar ein gilydd:

sedd o lechen oedd hi a chyn bo hir byddai ei phen-ôl hithau'n oer hefyd.

'Tyrd,' meddwn i. 'Mae'n well i ni fynd i warnio Margret ei bod hi ar y ffor' acw.'

A chyda chwifiad bach betrus i gyfeiriad Miss Netta i ffwrdd â ni ein dwy.

Ond cawsom ein dal ar y ffordd adref. Ein dal gan y gwanwyn a gawsom ni. Yr oedd y gaeaf wedi bod yn hirlwm diflas a Margret a minnau a Bodo wedi cau arnom yn y tŷ am ddyddiau bwygilydd pan fyddai'r tywydd yn rhy arw i mi fynd i'r ysgol. Byddem yn rhusio i wneud ein gwaith allan ac yn brysio'n ôl i glydwch y gegin. Aethai Ionawr oer di-haul yn Chwefror gwlyb a stormus ac yn Fawrth mileinig. Prin agor yr oedd mis Ebrill gan fod y Pasg yn gynnar a'r wlad o'n cwmpas yn dal fel tirlun *Christmas card* ond bod hwnnw wedi hen golli ei hud.

Dorti a welodd y tusw briallu melyn gwan wrth ymyl y llwybr a rhoi gwich o bleser: 'Sbia!' Yr oedd wedi bod yn sylwgar i'w gweld am fod y barrug wedi cannu popeth a welem. Ond yr oedd dropiau swil o fioled i'w canfod yn y clawdd hefyd, ar ôl cymryd pwyll i chwilota amdanyn nhw. Cyn pen dim yr oedd gennym fwnsiad del ac nid oedd byw na marw gan Dorti na chaem fynd dros y gwrych i ardd y Llain i hel ychydig o friallu coch atyn nhw. Nid oedd dim siawns i ni gael ein dal achos y mae teulu Llain yn gapelwrs o fri, diolch Iddo.

Unwaith yr oeddem wedi eu cael yn boeth yn ein dwylo, ac wedi cyrraedd y llwybr, ar garlam â ni tua'r Gongol i gyflwyno'n 'presant' i Margret. Ond fel y dynesem at y tŷ daeth sŵn injian modur i'n clustiau ac yr oedd y gyrrwr yn parcio'r car mawr du o flaen y giât bach fel y dringem dros y gamfa. Cyn i ni gael cyfle i sgiatio o'r golwg daeth Miss Netta allan ohono reit i'n gwynebau cochion ni.

'Tresmaswyr?' holodd.

'Nage,' meddwn innau gan drio gosod gwên ar fy ngwep. 'Trigolion.' Estynnais fy llaw wag tuag ati. 'Edith, eich nith. A dyma Dorti, y forwyn.'

'Mi ddylswn fod wedi amau,' meddai hi wrthi ei hun yn fwy nag wrthyf fi. 'Trwyn Dada.' Trodd i ddweud rhywbeth wrth y gyrrwr cyn troi yn ôl ataf fi.

'A pryd ydw i'n mynd i gael y fraint o gyfarfod Margaret a Thomas?'

'Wel, tydi Tomi ddim o gwmpas heddiw,' meddwn i, yn meddwl ei bod braidd yn fuan i ddweud ei fod wedi dengid i'r 'Merica, 'ond mae Margret yn eich disgwyl chi, ac . . . y . . . yn edrach ymlaen at eich cwarfod chi. Dowch.'

Diflannodd Dorti i rywle fel yr arweiniwn y ffordd at y drws cefn gan fy ngadael innau i bydru ymlaen. Agorais y drws gan weiddi 'Helô, Margaret' mewn llais uchel, hollol wahanol i'm llais fy hunan i roi cliw iddi. Ond yn rhy hwyr. Yr oedd Miss Netta yn hofran wrth fy sawdl.

Gorfeddian yn gyffforddus yn y gadair freichiau yr oedd Margret, wedi tynnu ei hesgidiau a'i sanau a rhoi ei thraed ym mhopty bach y *range* i dwymo. Ar ei glin yr oedd yr hollbresennol *Emma*. Nid oedd wedi rhoi ei gwallt i fyny a disgynnai am ben ei dannedd, ac yr oedd wedi codi ei sgert i gynhesu ei chrimogau, a'i blwmars yn y golwg. Tynnodd Margret ei thraed o'r popty mewn dau chwinciad a neidio ar ei thraed mewn ffit o ddychryn pan welodd ni a ffliodd *Emma* drwy'r awyr gan lanio'n fflat ond yn daclus ar ben y sosbenaid o bwdin reis a chyraints oedd yn mudferwi at ginio. Disgynnodd ei sgert a'i phais i'w lle'n dwt a chlymodd ei gwallt yn ôl gydag un cudyn hir ac yna yr oedd hi'n barod i wenu.

Yr oedd arna i eisio chwerthin eto, ond brathais fy ngwefl a chyhoeddi'n barchus: 'Margret, dyma i ti Anti Netta neu Miss Netta.'

'Anti Netta!' Brysiodd Margaret atom gan ymestyn ei llaw dros fy ysgwydd i gyfeiriad Miss Netta. 'Croeso, a maddeuwch yr olwg arna i. Tipyn o ddannodd a fawr o drefn. Sut siwrna gawsoch chi? Doedden ni ddim yn eich disgwyl am rai dyddia, am wn i.'

'Mi ges gynnig y *chauffeur* i'm danfon,' meddai Miss Netta, gan ysgwyd llaw Margret o bell fel petai yn bennog wedi hen ddrewi. Edrychai o gwmpas y gegin wrth siarad efo hi, ond yr oedd wedi gweld Margret yn iawn hefyd, nid oes dim dowt. 'Rydach chi mor debyg i'ch mam yn ddeunaw oed nes rhoi tro yno' i.'

'Ond,' cynigiodd Margret yn ffrwcslyd, 'dim hanner mor ddel â hi, mae hynny'n saff. Dewch i'r tŷ Modryb, a dowch i mi'ch côt. Gymerith y *chauffeur* damaid o ginio efo ni? Edith, rhed i ofyn iddo fo.'

'Na,' meddai Miss Netta ar ei thraws. 'Mae ganddo fo *sandwiches*.' Ychwanegodd wedyn, 'Mi a' i i ffarwelio ac i ddweud wrtho am adael y *luggage* wrth y drws ffrynt.'

Syllodd Margret yn syfrdan ar ei hôl ac yna trodd ataf fi.

'Wythnos nesa roedd hi fod i gyrraedd 'tê? A dyma ni wedi ein dal, a dim hanner parod.'

Cofiais am y blodau oedd wedi dechrau gwywo yng ngwres fy nwrn a'u cynnig iddi. Sbiodd arnynt ac yna arna i.

'Dos i nôl dipyn o wyau i'r tŷ gwair a'r ham oddi ar y bachyn yn y pantri pella. Mi wnawn ni sgram iddi cynta peth.'

'Margret,' atgoffais hi, 'mi ddwedest ti dy fod ti am neud tatw yn y badall i ginio, ac wedyn y pwdin reis cyraints. Rydan ni'n dal am gael y tatw a'r pwdin reis, tydan?'

'Mi gawn ni'r pwdin reis cyraints beth bynnag,' addawodd hithau, 'hyd yn oed tasa rhaid i ni aros iddi hi fynd i'w gwely cyn 'i gael o. Brysia rŵan, Idi bach.'

Aeth yn hwi rhed arnom wedyn i hwylio cinio a gosod y bwrdd. Buom yn chwilio am liain bwrdd am yn hir a chael un yng ngwaelod y fasged olchi yn y diwedd a houl grefi arno. Tarodd Dorti haearn arno a gosodais innau'r matiau dros y staen grefi, ac yr oedd yn edrych yn *champion*. Yr oedd Margret wedi rhoi matsien yn y tân oer yn y parlwr a mynd â Miss Netta drwodd yno i yfed ei the i ni gael ein gwynt atom.

'Mae golwg rhywun wedi mynd yn hen o flaen ei hamser arni hi, toes,' meddai Margret gan ddal y dorth ati i dorri brechdan i ni. 'A'i llygada hi fel tasan nhw wedi'u sgwrio efo *bleach,* nes bod y lliw wedi mynd ohonyn nhw i gyd, dest.'

'Ond pwy mae hi wedi'i gladdu?' gofynnodd Dorti. 'Dyna ydw i'n methu'i ddallt. Efo'r dillad du bitsh 'na amdani. Does yna ddim un o'r hen blant bach 'na roedd hi'n ditsiyr arnyn nhw wedi marw, nac oes?'

'Nac oes,' meddai Margret, 'wedi mynd yn fawr a'u gyrru i ffwr' i'r ysgol y maen nhw. I *private school.* Doedd mo'i heisio hi wedyn, yldi.'

'Ond ella'i bod hi wedi claddu'r gath,' meddwn i, a dyma Dorti a finnau'n mynd i ddechrau chwerthin.

'Rŵan genod,' meddai Margret yn reit sdowt. 'Mae'r ddynas wedi rhoi'r gora i'w gyrfa i ddŵad yma i gadw cartra i ni. Y peth lleia y medrwn ni 'i neud ydi trio'i pharchu hi a bod yn suful efo hi. A chymr'wch chi'r ofol nad ydach chi ddim yn gneud rhyw hen lol fel'na efo'ch gilydd o'i blaen hi. Dorti?'

'Iawn,' meddai Dorti'n ufudd.

'Ac Edith? Dos i nôl y shytni a'r cabaits coch i'r gegin allan a wedyn dos i ddeud fod cinio'n barod. A phaid â dcud dim. Jest bihafia.'

Ond doeddwn i ddim am ddweud dim byd. Dim ond eisio gofyn iddi oeddwn i, a oedd pob cocrotshan yn pigo.

A rhyw ddiwrnod rhyfedd fuo fo ar ôl hynny, a phawb â stôl dan ei wegil hyd y lle yma. Ar ôl pigo ei chinio bu Miss Netta yn cerdded yn ôl ac ymlaen o gwmpas y tŷ a'r tai allan efo nôt bwc mawr, heb ddweud fawr ddim heblaw am ofyn ambell beth od i Margret fel 'Faint o blant sy yn ysgol y pentra?' a 'Oes yna saer da 'i waith hyd y fan yma?' a rhyw bethau felly. Ar y pryd yr oeddem ni'n meddwl mai gofyn er mwyn cynnal sgwrs a thrio bod yn glên yr oedd hi. Ond wrth edrych yn ôl rŵan y mae mor amlwg â haul ar bared mai gosod ei chynlluniau yr oedd y ladi ddu.

Wrth iddi ddechrau t'wllu dechreuodd Margret fynd i boeni mwy a mwy am Tomi. Ac yn y diwedd mi ddywedais i glamp o gelwydd wrthi (yr oeddwn wedi bod trwy y pnawn yn meddwl amdano) – sef ei fod o wedi mynd i aros efo un o'i ffrindiau ysgol ym Mangor. Cyrhaeddodd Edwart Dafis fel yr oeddwn yn gorffen ac yn chwys doman dail – nid wyf wedi cael llawer o bractis ar ddweud c'lwydda o sylwedd. Ddaru o ddim dweud dim yn groes i mi, dim ond sbio'n graff arna i dros ei fwstás, ond roedd o'n fwy clên nag oedd angen iddo fod efo Margret ac mi ddywedodd sawl gwaith hogyn mor tebol oedd Tomi. Nid oedd Margret yn cymryd fawr iawn o sylw pan oeddwn i'n trio dweud pwy oedd yr hogyn, ond yr oedd yn licio pan oedd Edwart Dafis yn dweud wrthi am beidio â phoeni.

Tra oedd o yno, mi ddaeth Miss Netta drwodd i ofyn lle'r oedd y *bathroom*. Y munud y gwelodd hi Edwart Dafis mi fedrech chi ei gweld hi'n tynhau drwyddi. Mae'n siŵr ei bod wedi anghofio mai ffarm yw'r Gongol yma efo stoc a gweision a bod ei weld yn ei ddillad gweithio ac ogla godro arno wedi'i hatgoffa o hynny. Yr oedd hi yn rhyfedd efo dynion – un ai yn cymryd atynt yn ofnadwy neu'n eu casáu. Casáu oedd hi efo Edwart Dafis ac am reswm da.

Beth bynnag, ar ôl iddo fo fynd cyhoeddodd hi ei bod am fwyta yn y parlwr o hynny ymlaen am fod arni eisio llonydd i wneud rhyw waith papur. Hi oedd mistras y parlwr o'r noson honno, nid ein bod yn gwarafun y lle iddi, er y costiodd i ni mewn glo. Aeth yn ei hôl yno wedyn, fel petai hi wedi anghofio fod arni eisio pi pi, a dyna lle buo hi nes i Dorti a finnau fynd â swper iddi ar ôl dŵad o'r capel.

Wrth osod y plât a chyllell a fforc iddi mi welais ei bod wedi estyn llun o'r plant a'i roi ar y silff ben tân. Hetiau gwellt efo rubanau a phinaffôrs efo bows ffansi gan y genod, Audrey a Maude oedd eu henwau nhw meddai hi, a Robert mewn siwt efo botymau sglein a throwsus pen-glin. Ond dim pwt o wên rhyngddynt.

Mi ddylwn i fod wedi gweld hynny'n beth rhyfedd, a digon ganddyn nhw i wenu ar ei gownt. Ond ar y pryd y cwbwl ar fy meddwl oedd pa mor hir y byddai'n rhaid i ni gadw'n effro cyn y byddai'n sâff i ni ddŵad i lawr am y pwdin reis cyraints. Fel y byddai Bodo Gwen yn arfer dweud, Duw rhai yw eu bol.

Ond trechodd cwsg Dorti a finnau yn y diwedd, a bu'n

rhaid aros tan fore trannoeth a chael y pwdin reis cyraints i frecwast wedi ei aildwymo. Yr oeddem wedi gweitiad a gweitiad i glywed sŵn ei throed ar y landin ond hyd yn oed pan ddaeth hanner nos (a dim ond adeg steddfod y bydda i ar fy nhraed mor hwyr â hynny) nid oedd dim hanes ohoni. Yr oedd Dorti'n meddwl yn siŵr ei bod wedi cysgu yn y gadair, a gyrrodd fi i lawr yn fy nghoban yn y tywyllwch i weld. Finnau'n mynd yn ddigon gwirion, ac yn gwthio drws y parlwr yn agored efo blaen fy mys. Ond doedd dim hanes ohoni yno nac yn y gegin. Ar y ffordd yn ôl i'r gwely mawr, digwyddais roi fy mhen yn y stydi, a dyna lle'r oedd hi a'i chefn ata o flaen y lle tân oer a'i llaw yn pwyso ar y pentan a'i phen i lawr. Mi gadewais i hi yno a dringo'n ôl i'r llofft.

Un o drychfilod y cysgodion yw'r gocrotshan. Yr oeddem wedi hen wledda ar y pwdin reis cyraints, wedi sgubo, golchi'r llawr a gosod tân oer yn y parlwr, a Margret wrthi'n gwneud tatw rhost at ginio cyn iddi ymddangos fore Llun. Ar yr un pryd yn union, daeth cnoc ar y drws a lleisiau Willie a Gwyn Ty'n y Mynydd yn gweiddi:

> 'Clap, clap ar y plwy
> Hogyn bach yn mofyn wy.
> Clip clap dau wy
> Un i mi ac un i'r plwy.'

Ni chawsant gymaint â howdidw gan Miss Netta a drodd ar ei sawdl pan ddaethant i mewn i'r gegin yn fawr eu miri, yn sgarffod ac yn fenig i gyd, a mynd trwodd i'r parlwr i aros am ei the deg. Ond yr oedd Dorti wedi dotio at yr hogiau, ac eisio dysgu'r gân i'w thylwyth adref gael ei chanu'r flwyddyn nesa.

71

Yr oedd Margret wedi mynd i drafferth i wneud cinio neis ofnadwy i ni, am fod Miss Netta wedi dŵad atom ni, ac am ei bod yn ddydd gŵyl. Yr oedd Edwart Dafis eisio bwyta'n gynnar i fynd i gwarfod pregethu yng Nghapel Pen Lôn a chafodd Seus fwyd efo fo, a Dorti (am y tro cynta ers iddi gyrraedd) achos yr oedd Miss Netta wedi gwâdd Margret a finnau i fwyta efo hi yn y parlwr i drafod y cynllun oedd ganddi. Yr oedd hi wedi gwneud iddo swnio fel rhyw amgylchiad pwysig a newidiodd Margret ei blows a gwneud ei gwallt yn gocyn.

Unwaith y cafodd hi ginio mi siriolodd Miss Netta drwyddi. Sychodd ei cheg yn sidêt efo rhyw lian bach roedd hi wedi ei ddŵad efo hi cyn dechrau manylu ar y cynllun. Ac yr oedd hi mor falch o gael manteisio ar y cyfle, meddai hi, i gael sgwrs fach efo ni ein dwy, agor ei mynwes a rhannu ei phlan. Yr oedd bywyd newydd a chyffrous o'n blaenau a fyddai yn ein gosod ar wahân i holl ferched eraill yr ardal. Ac wrth siarad a chynhesu iddi daeth rhyw fath o liw i'w bochau gwelw, a *twinkle* bach fel hogan i'w llygaid dyfrllyd.

Yr oedd mawr angen *School for Young Ladies* yn yr ardal, meddai hi, ar gyfer merched capteiniaid llongau a pherchnogion siopau a busnesau ac ati. A phwy well i agor ysgol felly na hi, a'r holl brofiad oedd ganddi? A pha le gwell na'r Gongol Felys, yr adeilad yn hwylus, y golygfeydd ysblennydd a digonedd o awyr iach. (Edrychodd Margret a minnau ar ein gilydd yn y man yma, a chofio fod Tada wedi crybwyll ei syniad wrthym a ninnau heb fwrw fawr o ôl y peth.) Byddai galw mawr am yr ysgol arbennig hon, aeth yn ei blaen; byddem yn gwneud digonedd o arian a byddai'r Capten ar ben ei ddigon pan glywai am ein menter a'n llwyddiant. Ac ar ôl rhuthro drwy'r perorasiwn yma, eisteddodd yn ei hôl i gymryd ei gwynt, ac i ddisgwyl i ni ei chlodfori, am wn i.

'Ond Modryb bach,' cychwynnodd Margret, 'does yma ddim digon o le.'

'Oes y mae yna,' mynnodd. 'Mi rydw i am iwsio'r llofft ffrynt fawr yna fel sgwlrwm, ydach chi'n gweld. Mac'n ddigon eang – ac yn rcit debyg i'r sgwlrwm yn Wickstow. Fydd dim cymaint â hynny o *pupils* ar y dechrau – rhyw ddeg i ddwsin – nes y bydda i wedi sefydlu.'

'Ond lle rhowch chi'r genod i gysgu?'

'Wel . . .' atebodd Miss Netta, gan ddechrau ffidlan efo'r froits ar ei blows.

'Dim yn llofft Tada.'

'Na,' meddai hi, 'fyddai hynny ddim yn *appropriate*. Na, meddwl yr oeddwn i am y gegin allan. Mi fydd yn fis Mai ymhen dim a'r tywydd yn gynnas braf. Er, rydw i'n bwriadu agor yn syth ar ôl yr *Easter holiday* yma.'

'Na,' meddai Margret.

Edrychodd Miss Netta arna i wedyn, a cheisio trwsio'i cheg i wenu. 'Mi fydd o'n hwyl,' meddai hi, 'fel chwarae tŷ bach, yntê Edith. *Adventure.*'

Un o'r pethau ynglŷn â Bodo Gwen a bywyd yn y Gongol Felys oedd wedi dechrau mynd dan fy nghroen i oedd y drefn nad oedd byth yn newid: yr un prydau yn yr un drefn bob dydd o bob wythnos, gwisgo'r un hen ddillad dymor ar ôl tymor, darllen yr un Salmau drosodd a throsodd, mynd i'r gwely'r un pryd bob nos. Mae'n siŵr ei bod hi, fel rhywun â'i gwaed wedi oeri, yn cael cysur o'r drefn yma, ond yr oedd yn codi syrffed arna i. Ond wedyn yr oedd hi wedi gadael ei bywyd efo ni, a'i holl drefn, on'd oedd, i fynd yn howscipar i'r Person? Ac yr oedd rhyw gornel bach ohona i yn ei gweld yn braf iawn ar Tomi wedi mentro i'r Merica. Mi cafodd Miss Netta fi yn fy man gwan pan soniodd hi am *adventure*.

'Ia,' atebais hi'n frwd, heb feiddio edrych i gyfeiriad Margret. 'Fi a Dorti.'

'Na,' meddai Margret wedyn.

'Ia,' meddai Miss Netta. 'Mi godwn ni *School for Young Ladies* yma yn y Gongol Felys fydd yn destun edmygedd drwy'r holl ardal. Mi awn ni ati fory i ddechrau paratoi, rhoi *notice* yn ffenest y Post a threfnu *timetable*. *Arithmetic*, *reading and writing*, *sewing* a *French*.'

Trodd i wynebu Margret a sibrwd yn llawn cyffro wrthi.

'Ac mi gewch chi, Margaret, fod yn *pupil teacher*.'

A dyna lle cafodd hi Margret ni yn ei man gwan hithau.

12

Y mae ysgrifennu'r hanes hyd yma wedi mynd â'r haf i gyd oddi arna i ac wedi mynd â'm nerth bob tamaid. Y mae Margret yn dweud o hyd fod golwg wedi ymlâdd arnaf ac y dylwn fynd fwy i wynt y môr. Ond mi ddof ataf fy hun ar ôl i mi orffen ysgrifennu hwn, a chael ei gefn a dechrau byw eto.

Mi fuom ni'n dyfnu'r ŵyn heddiw, llnau traed a sbio rhag ofn fod rhai wedi cynrhoni ac wedyn rhoi'r defaid yn y weirglodd bella a'r ŵyn yn y cae dan tŷ. Y mae'r ŵyn yma wedi brefu nes eu bod yn grug hollol ac wedi codi cur mawr yn fy mhen. Ac y maent yn siŵr o ddal ati nes ei bod yn dywyll nos. Waeth i mi ysgrifennu mwy na thrio cysgu.

Daeth Edwart Dafis i'r tŷ yn fwg ac yn dân amser cinio heddiw a dweud ei fod wedi clywed yn y Llan fod byddin *Germany* wedi mynd i mewn i Serbia, a beryg y bydd yna ryfel. A dywedodd Seus trwy lond ei geg o datw llaeth y bydd o'n listio os bydd yna ryfel. Y mae o wedi diharthu hyd y fan yma, ei gyflog yn fach, ac yn methu'n glir â chael lle fel ail was.

Ac felly y mae y chwalu yn dal i ddigwydd.

Yr oedd 'nialwch blynyddoedd yn y gegin allan, yn hen bapurau newydd a chadeiriau cloff a hen sachau. Wrth i Dorti a minnau drio rhoi trefn arnynt yn yr hanner tywyllwch, yr oedd y rhwydi gwe pry cop oedd yn crogi o'r to yn cau am ein gwalltiau a'n cegau a'n llygadau.

Daeth Margret â lamp baraffîn i ni ymhen sbel i ni gael golwg iawn ar ein llofft newydd. Byddai golau cannwyll wedi bod yn fwy na digon. Dyna pryd y gwelsom y baw llygod a'r slafan hyd lawr ble'r oedd y dŵr wedi diferyd o'r to a sefyll yn hir. Gwelodd Dorti beth arall hefyd; gwyrodd yn ddistaw gan roi bys ar ei cheg a chodi rhywbeth yng nghaits ei dwylo: llyffant gwyrdd bychan, bach. Cariodd ef allan ac i lawr yr iard a minnau fel rhyw gyw gŵydd ar ei hôl hi. At y llyn yr aeth, a'i ollwng yn y brwyn, fel ei fod o'r golwg a chymaint o greaduriaid ar lwgu yn prowla hyd y fan yma. Yr oedd y llyn yn dal wedi rhewi'n gorn, ond ni fu dim sôn am sglefrio.

'Dorti,' meddwn i, 'be wnawn ni ar ôl gorffan heddiw?'

'Wel, rydw i i fod i newid i ryw ffedog wirion efo ffrils a chap erbyn i'r gwragedd ddŵad â'u genod am fisit. A pwy ydyn nhw, ddeudist ti?'

'Dim ond Jane Ellen Llain a Ceinwen a Gladys, genod

Capten Hugh Thomas,' meddwn i. 'Wnaiff yr un ohonyn nhw basio'r *Scholarship.* '

'O, dyna pam eu bod nhw'n dŵad i'w hysgol hi, siŵr Dduw.'

'Mi fasa'n well gin i fynd yn ôl i Ysgol Llan ddydd Llun,' meddwn i. 'Wyt ti'n meddwl y ca i fynd os gwna i ofyn?'

'Nac'dw,' meddai yn fflat.

Ymhen dim roeddem ni wedi ailddechrau a'r gegin allan yn lluch i dafl. Dowciai Dorti bob tro y taflwn i ryw hen ddarnau o garpedi am y drws. Mwya sydyn ymddangosodd gwynab yr hen Siani Ty'n Ronnen â'r post. Mi gafodd y gryduras lond ei cheg o lwch nes ei bod yn pesychu fel buwch. Brysiodd Dorti ati i guro ei chefn fel tasa hi wedi tagu ar ddarn o gig ac yn methu ei gael o allan.

'Drugaradd, genod bach,' ebychodd, gan estyn hances bocad racs o boced ei brat. 'Chwarae tŷ bach ar fora mor oer?'

'Naci,' meddwn innau'n brep i gyd. 'Mae Dorti a finna'n symud allan yma i gysgu. Wrthi'n gneud y lle'n barod ydan ni.'

'At ryw noson yn yr ha, debyg,' meddai Siani wedyn. 'Dydach chi ddim yn dechra arni braidd yn gynnar?'

'Naci, at heno nesa,' meddai Dorti.

'At heno? Paid â chyboli,' wfftiodd yr hen wraig.

'Ia, mae Anti Netta, Modryb Netta yn mynd i agor *School for Young Ladies* yn y llofft fawr, ylwch.'

'Pa fodryb Netta? Dim chwaer dy fam? Ond mae honno i fod yn ddigon pell i ffwrdd yn rhywla.'

'Wel, mae hi wedi dŵad yn 'i hôl,' meddwn i. 'Mae hi yn y parlwr.'

'Pa barlwr?' arthiodd Siani dros ei hysgwydd gan ei

chychwyn hi am y tŷ cyn gyflymad ag y gallai efo'r cryd cymalau yn ei phengliniau, a ninnau ein dwy wrth ei chwt.

'Y parlwr gora, os ydi hi wedi codi,' meddwn i wedyn.

'Wel, mi geith godi,' chwyrnodd Siani.

Edrychodd Dorti arna i a'i llygaid yn fawr yn ei phen.

Daeth Margret i'n cwfwr yn y drws, wedi clywed lleisiau'n codi, mae'n siŵr.

'Siani, ydach chi'n iawn?' holodd yn llawn consýrn. 'Tydi ddim ffit o dywydd i chi fod yma. Lle mae Dei? Cymrwch banad rŵan.'

'Lle mae Netta?' mynnodd Siani gan osod ei chlun i lawr. 'Mae arna i eisio gair efo hi,' gwaeddodd. 'Rŵan. Netta, lle'r wyt ti?'

Ymhen tipyn, daeth sŵn traed mewn esgidiau sodlau ar hyd y lobi, a throdd bwlyn y drws. Yno safai Anti Netta. Ond doedd hi ddim yn edrych yn rhyw falch iawn o weld hen gydnabod bore oes chwaith.

'Siani Williams,' oedd y cwbwl ddywedodd hi, fel petai pob gair yn costio punt.

'O lle doist ti, Netta?' meddai'r hen bostmonas, 'i droi'r lle yma a'i din am 'i ben. Ŵyr y Captan dy fod ti yma?'

Cafodd nòd bach cyndyn yn ateb.

'Anti Netta yrrodd gardyn pen blwydd iddo fo gynta, cofiwch,' porthais innau. 'Yntê, Anti Netta. Pan oedd Dei yn gneud y rownd.'

Fu dim croeso i'r sylw hwnnw.

'Wel, beth bynnag ydi dy blania di,' meddai'r hen wraig gan straffaglio i godi ar ei thraed i'w hwynebu, 'fedri di ddim troi'r genod bach 'ma i'r gegin allan 'na a hitha'n rhewi'n gorn bob nos.'

'Rydan ni am gael gneud tân yno,' mentrodd Dorti.

'Mae'r plant 'ma'n rhy ifanc i gofio,' aeth Siani yn ei

blaen, 'a phobol wedi mynd i gadw petha o rwth blant. Ond mi wyddost ti o'r gora be ddigwyddodd yma, Netta.'

'Cofio be?' gofynnodd Margret.

'Cyn i dy nain ddŵad yma. Pan oedd Jacob Ifans a'r teulu yma. Mi symudodd Lizzie Ifans 'i dau blentyn hyna allan i fan'na, cyn bod y tywydd wedi hannar cnesu, i'r dynion gael dechra trin yr hen dŷ.'

'Dydan ni ddim eisio clywed yr hen stori yna,' gorchmynnodd Anti Netta yn ei llais titsiyr.

'Roeddan nhw'n claddu'r cynta, Johnnie, ddiwadd yr ha, wedi cael niwmonia, ia, a hithau'n ha, cofiwch, a Mati y mis bach wedyn. Diciáu. Claddu eu mam nhw ddiwadd yr ha wedyn. Torcalon lladdodd hi. Dyffeia i chdi Netta, i roi'r genod 'ma yn y fath arch â'r gegin allan 'na.'

Rhoddodd Margret ryw ochenaid ryfedd a'i gollwng ei hun ar y setl. Edrych i fyw llygiad ein gilydd a wnaeth Dorti a finnau eto, ond roedd mwy o arswyd nag o syndod ynddyn nhw'r tro yma.

'*It will only be for a few weeks,*' meddai Anti Netta, '*until we make other arrangements. We might rent somewhere in the village. And anyway, that was such a long time ago, and times have changed.*'

'*Gegin allan not change,*' meddai Siani yn ei Saesneg clapiog.

'Yfwch eich te, Siani Williams,' meddai Margret. 'A pheidiwch â'ch styrbio'ch hun.'

Trodd Anti Netta ar ei sawdl ar hynny a'i ffwtwocio hi'n ôl ar hyd y lobi.

'Sobrwydd mawr,' meddai Margret, gan ysgwyd ei phen. 'Sobor i'r byd.'

'Mae'r bedd wrth wal bella'r fynwant,' oedd yr unig beth oedd gan Siani ar ôl i'w ddweud, cyn codi'n drafferthus i ymadael. 'Moniwment crand efo rêlings. Yno i unrhyw un 'i weld.'

Ar ôl i Siani fynd, gwnaeth Margret de i ni (ond nid i Anti Netta, erbyn cofio) a dyna lle buom ni'n eistedd o gwmpas y bwrdd yn siarad ac yn meddwl am Lizzie Ifans druan yn colli ei Johnnie a'i Mati, ar ôl eu rhoi yn y gegin allan cyn i'r tywydd gnesu, ac wedyn yn torri ei chalon a mynd atyn nhw i'r beddfaen crand efo'r reilings. Gair Bodo Gwen am drin a thrafod pobol oedd 'golchi cyrff' ac mi fuon ni'n tair yn golchi a golchi y bore hwnnw.

Ond doeddem ni ddim nes i'r lan wedyn, o ran meddwl lle cysgai Dorti a finnau y nos honno, ac am y misoedd i ddod.

'Trïwn ni hi yna,' meddai Dorti yn y diwadd, gan amneidio i gyfeiriad y gegin, 'am dipyn o ddyddiau nes bydd y bali ysgol 'ma wedi cael ei thraed odani. Achos mi rydan ni wedi clirio gymaint hefyd, do Idi.' Ac yna ychwanegodd yn ddistaw 'A dwi wedi edrach ymlaen.'

Roeddwn innau wedi bod yn edrych ymlaen nes i Siani Wilias lwyr fynd â'r gwynt o'm hwyliau i.

'Mi ddaw yna rywbath, gewch chi weld,' meddai Margret gan godi a dal y tebot yn agos ati, am ei wres. 'Duwcs, synnwn i fwnci na ddaw yna neb i'r ysgol fondigrybwyll yn y diwadd, ac na fyddwch chi yn eich ôl yn y llofft fawr yna cyn diwadd yr wythnos eich dwy.'

'Tyd Idi,' meddai Dorti. 'Mi heliwn ni ddigon o bricia i gael tân fel tân uffarn ei hun.'

Y cinio dydd Llun y Pasg hwnnw oedd yr unig bryd bwyd i neb ei gael trwodd yn y parlwr efo'r ladi ddu, fel yr oedd Dorti wedi dechrau ei galw. O hynny ymlaen, bwytâi Margret a minnau yn y gegin wrth y bwrdd mawr efo'r dynion a Dorti, ac roedd gwell blas o lawer ar fwyd yno. Un sâl am fwyta yn union ar ôl codi oedd Hi, ond erbyn nos, ar ôl bod wrthi am oriau yn martsio yn ôl ac ymlaen, yn gweiddi ordors ac yn comandîrio Dorti a Seus i symud y peth yma a'r peth acw, byddai llwgfa fawr arni. Gofalai Margret a Dorti roi pryd cyllell a fforc iddi bryd hynny ac nid brywas neu faidd neu fara a chaws fel y byddem ni yn ei gael.

Fel roeddem ni'n gorffen ein swper y noson honno, mi ddaeth hi drwadd. Doedd dim llawer o Gymraeg wedi bod trwy'r dydd ar ôl helynt y bore, ond o'n gweld yn dal ati i sgwrio a sgubo mae'n siŵr ei bod yn credu iddi gael buddugoliaeth. A oedd clywed hanes yr hen deulu eto, a'u profedigaethau, wedi codi ofn arni hithau, fedraf i ddim dweud. Nid oedd dim modd yn y byd o ddweud.

'*You are good girls. And I have a very special treat for you, Dorothy,*' meddai hi wrthym ni rŵan. '*And I hope that you will appreciate in times to come how fortunate you were here at Gongol Felys.*'

'Esgusodwch fi, gyfeillion,' meddai Edwart Dafis gan wisgo'i gap, a chodi, gan roi bow bron iawn iddi hi, cyn troi am allan. 'Cwarfod misol.'

Yr oedd Dorti yn dal i sbio i ganol gwyneb Miss Netta, yn disgwyl cael clywed beth oedd y '*treat*'.

'Mae niferoedd y disgyblion yn weddol isel ar y dechrau fel hyn,' aeth Miss Netta yn ei blaen. 'Mi fydd yma lawer mwy erbyn y tymor nesa, mi gewch weld. Beth bynnag am hynny, rydw i wedi penderfynu y cewch chi ymuno â'r genethod yn y sgwlrwm, cyn belled, wrth gwrs Dorothy, â'ch bod chi wedi gorffen eich gwaith i gyd cyn i'r *young ladies* eraill gyrraedd.'

'Thenciw,' meddai Dorti. 'Thenciw, Miss Netta.'

'Ac y mae yna bennill bach,' hwyliodd Miss Netta yn ei blaen, 'yr ydw i am i chi ei ddysgu eich tair, a fydd yn arwyddair i'r ysgol. Y pnawn yma ddiwetha yn y byd y daeth o i 'ngho' i. Ac un ardderchog ydi o hefyd. Margret, cymerwch o i lawr rŵan. Barod?'

A dyma hi'n dechrau, a Dorti'n sbio yn hollol ddifynegiant arni'n traethu:

'We march to our places with clean hands and faces
And pay great attention to what we are told.
For we know we shall never be happy and clever
But learning is better than silver and gold.'

'A dyna fo. Mi fyddwn ni'n cydadrodd hwnna bob bore . . .'

'Nid Gweddi'r Arglwydd?'

'A Gweddi'r Arglwydd. Rŵan Dorothy, gofalwch eich bod chi'n cael benthyg y copi bwc gan Margaret i chi gael ei ddysgu fo at ddydd Llun.'

'Dwi'n ei gofio fo,' atebodd Dorti. A dyma hi'n adrodd y pennill i gyd o'r dechrau i'r diwedd heb faglu unwaith.

Liciodd y ladi mo hynny. Mi gododd a chychwyn ar ei hyll yn ôl am y parlwr.

'Eliseus,' galwodd wrth fynd trwodd. 'Fasach chi ddim yn picio i'r pentra i mi ar negas?'

'Mi fasa'n well i chi yrru Dorti,' cellweiriodd Margret. 'Hi ydi'r un efo'r co gora. Fasa dim angen list negas, ylwch.'

'Does dim angan list beth bynnag,' meddai Seus, gan godi i'w dilyn drwodd. 'Dim ond un peth mae hi eisio bob tro.'

'A sgwn i be ydi'r un peth hwnnw,' meddai Dorti'n dawel, gan wincio ar Margret a finna.

Ond roedd y gwas bach yn cael ei dalu'n rhy dda gan y fistras newydd i boeri am ddim i'r forwyn.

11

Mi gododd hi'n wynt yn ystod y gyda'r nos honno; gwynt o'r gorllewin oedd o, achos mi roedd yn chwythu reit i ddrws y gegin allan ac yn gwneud i'r gliciad ysgwyd. Mae'n siŵr mai dyna pryd ddaru hi ddechrau dadmar. Dadmar liw dydd a rhewi gefn nos. Dyna batrwm newydd y dyddiau. Fel drws yn agor a chau.

Yr oedd Dorti a minnau wedi newid i'n cobenni o flaen y *range* tua deg ac ar ôl lapio mewn siolau, wedi ei chychwyn hi fel dwy ddrychiolaeth drwy'r tywyllwch i'r gegin allan, a'n dillad at drannoeth dan ein ceseiliau. Yr oedd Margret wedi bod yno ar ôl te yn rhoi mwy o ddillad ar yr hen wely peiswyn ac yn cynnau tân i dorri'r ias. Wn i ddim pryd y buo yno dân o'r blaen – dydan ni ddim yn berwi bwyd moch yma ers blynyddoedd. Tybed ai Lizze Ifans oedd y ddiwetha i wneud tân yno?

Daeth chwa o wynt i mewn i'n canlyn pan agorais y drws a chwalu'r boncyffion yn shwrwd mân i bob man. Closiodd Dorti a finnau at y cochni oedd ar ôl yn y fasged a sbio i lawr. Fe welsom ni'r arth a'r ceiliog a'r ddraig y mae pob plentyn yn ei weld mewn tân a gwelodd Dorti dyddyn bach efo mwg yn chwythu o'r simdda. Yr oedd yn reit debyg i Tyddyn Hen, ei chartra, meddai hi.

Aethom i'r gwely ar ein pennau wedyn rhag i ni oeri

mwy; fi gafodd y parad a Dorti yr erchwyn. Buom yn hir yn cysgu am fod y gwynt yn nhwll y simdda, a'r glicied a gwichian y gwely yn codi ofn arnom ni. Yr oedd ar y pry bach a âi am dro dros y mynydd ac i lawr y dyffryn ofn dod allan, hyd yn oed. Yr unig sut yr aethom i gysgu yn y diwadd oedd i Dorti orwedd tu ôl i mi gan afael am fy nghanol a'r siôl dros ei phen i gadw ci chlustiau a'i thrwyn yn gynnes a 'mhen innau reit o dan y dillad. Rhoesai Margret ddigon o drwch ar y gwely i'n cadw'n ddiddos, ond pan roddais fy llaw ar y gyfnas yn y bore, yr oedd wedi dechrau tampio.

Ond yr oeddwn wedi deffro cyn hynny hefyd, ymhell cyn iddi wawrio yn meddwl fy mod yn clywed sŵn gweiddi mawr. Dim ond llais a glywn i, yr un llais yn brygowthan a brygowthan. A drwy'r ffenest gul gwelwn olau bach yn y gegin – golau cannwyll, nid lamp. Ond er un mor fusneslyd ydw i, roedd arna i ormod o ofn codi i weld beth oedd ar droed. A phrun bynnag byddwn wedi corffio.

Dyma fi'n cosi bol Dorti toc i'w deffro ac yr oedd yn rhuslyd am funud – dim yn gwybod ble'r oedd hi, debyg, ac yn edrych yn syn ar waliau anwastad, moel y gegin allan. Yna gwelodd fi, a gwenu. Mae'n rhaid ei bod yn cysgu'n drymach na fi, achos unwaith yr oedd hi wedi cael gafael ar ei chwsg nid oedd wedi clywed yr un smic drwy'r nos.

Yr oedd Hi wedi rhoi 'strict instructions' ein bod i ymolchi a gwisgo amdanom yn y gegin allan, rhag ofn i rywun ein gweld a phrepian yn y pentra. Mae'n siŵr fod ymateb Siani Wilias wedi gwneud iddi sylweddoli beth fyddai pobl yn ei ddweud pan glywent. Ond yr oedd y dŵr yn y basn wedi rhewi'n glap dros nos ac felly dim ond gwisgo oedd i'w wneud cyn ei heglu hi am y gegin. Dim rhyfedd fod pobol erstalwm yn drewi.

'Margret,' gwaeddem wrth ddŵad trwy'r drws, 'Margret. 'Dan ni'n rrrrrhhhhyyyyynnnnuuu!!!!!'

Ond nid Margret oedd yno i roi cysur i ni. Ar ganol llawr y gegin safai Miss Netta yn ei chôt a'i het a golwg fel y gŵr drwg ei hun arni. Yr oedd ei hwyneb yn edrych yn rhyfedd a'r croen o gwmpas ei llygaid yn dendar.

'Edith,' gorchmynnodd, 'ewch i wisgo'ch côt. Rydan ni'n mynd i'r dre. '

'I'r dre?' Ar ddydd Iau y byddem ni'n arfer mynd i'r dre bob amser efo Bodo Gwen. Diwrnod y farchnad. Y bobol ifanc piau'r dre ar ddydd Sadwrn.

'Ewch i ddweud wrth Margret am styrio neu mi gollwn y frêc.'

Ar hynny daeth bref uchel, fain o gyfeiriad y *range*, dim ond un fref. Rhuthrodd Dorti yna a dyna ble'r oedd oen hir, llipa mewn bocs pren ar dop y stôf. Bydd Edwart Dafis yn dŵad ag ambell oen sydd wedi cael oerfel, neu un o ddau os nad oes gan y fam ddigon o lefrith, i'r tŷ i gynhesu tipyn a chael diod o botal. Yr oedd côt hwn wedi sychu'n grimp ac wedi mynd i gyrlio yn y gwres. Sylweddolais ar f'union mai dyma oedd y golau yr oeddwn wedi ei weld yn y gegin yn y bora bach.

Ond beth am y brygowthan? Mae'n siŵr mai Hi oedd yn ei weld yn beth anghynnes rhoi oen bach a hwnnw'n dal yn felyn a gwlyb o groth ei fam ar y stôf lle byddan ni'n cwcio lobsgows.

Ac eto, yr oedd yr oen wedi cael aros, a golwg byw arno.

'Lwcus i Edwart Dafis 'i ffeindio fo,' meddwn i, gan

glosio at Dorti oedd wedi rhoi ei bys yng ngheg yr oen. Yr oedd o'n sugnwr cryf.

'Lwcus?' wfftiodd y Hi tu ôl i mi. 'Lwcus? Esgus oedd yr oen yna, hogan, i chi gael deall. Esgus i ddŵad i'r tŷ yma gefn nos, pan oedd o'n meddwl fy mod i'n cysgu, i gael ffatsh ar eich chwaer chi.'

'Margrct?' Yr ocdd y ddynes yn siarad drwy'i het. 'Be ydach chi'n 'i feddwl? Ffrindia ydi Margret ac Edwart Dafis.'

'Mwy na ffrindia, 'ngenath i. Y gwynab! A hitha dan fy ngwarchodaeth i! Fy mhiwpil titsiyr i.'

Nid oeddwn yn gwybod beth i'w feddwl na beth i'w ddweud. Bodo Gwen yn nhŷ'r Person yn nhraed ei sanau. A Margret ac Edwart Dafis yn fwy na ffrindiau yn ein cegin ni gefn nos. Edwart Dafis oedd yn dechrau mynd yn hen, a'i fwstás yn britho. Dyn capel a hogyn ei fam. Edrychais draw at Dorti am gymorth. Ond yr oedd Dorti mewn gormod o fyd efo'r oen i 'ngweld i.

'Ewch i nôl eich côt, Edith. Rydan ni'n mynd i'r dre. Mi rydw i'n mynd i'w setlo hi a'i ddannodd unwaith ac am byth. Ac mi geith hi flas ar beth ydi cyfrifoldeba gwraig.'

'Tyrd, Dorti,' meddwn i. 'Mi ddaw Seus i fynd â fo'n ôl at 'i fam toc.'

'Tydi Dorti ddim yn dŵad,' cyhoeddodd Miss Netta. 'Mi geith hwylio cinio. Rŵan, bytwch frechdan, Edith, i ni gael cychwyn.'

'Os nad ydi Dorti'n cael dŵad, tydw inna ddim yn dŵad,' meddwn i yn bendant. 'Mae hi eisio mynd i weld ei theulu yn siop Beehive.'

Agorodd drws y pasej a daeth Margret drwodd, wedi

newid i'w dillad mynd i'r dre a'i gwedd fel y galchan. Edrychodd hi ddim ar Miss Netta nac arna i hyd yn oed.

'Margret.' Fedrwn i ddim dal arna fy hun rhag gofyn. 'Be fuost ti'n neud efo Edwart Dafis yn y gegin 'ma neithiwr?'

Wrth glywed y cwestiwn cododd Dorti ei chlustiau a throi i wynebu Margret. Wyddai hi mwy na finnau ddim beth i'w ddisgwyl.

'Mi ges i gusan ganddo fo,' meddai hi'n dawel. 'Dim ond un gusan.'

Dim ond Margret a Hi aeth i'r dre yn y diwedd, ac rwyf wedi bod yn hir iawn yn trio maddau i mi fy hun am hynny. Ar y pryd, yr unig beth a welwn i oedd cyfle am dipyn bach o hwyl efo Dorti.

Byth oddi ar y noson pan oedd Margret wedi addo tsips yn y badell i mi, tebyg i'r tsips gewch chi gan y dyn efo'r tryc bach powlio yn y ffair, yr oeddwn i wedi bod yn sâl eisio trio cael gwneud rhai adra. Mi fyddwn i'n syrffedu ar yr un hen botas a chig oer a brywas o hyd ac o hyd. Bwyd pobol ifanc oedd tsips, bwyd y dre. Ac yr oedd arna i flys tsips na fuo erioed y ffasiwn beth.

Dim ond saim cig oedd yn y pantri, wedi caledu'n gacen galed mewn pot pridd nobl. Mi fydda Bodo Gwen yn ei iwsio fo weithia at wneud brywas ac i gynnau tân os bydda'r coed wedi tampio. Ond mi crafon ni o i gyd i'r badall a rhoi dipyn mwy o lo yn y *range* iddi godi ei gwres. Tra oedd yn toddi, pliciodd Dorti domen o datw a'u sleisio'n sgwaria. Braidd yn fras oeddan nhw – o tsips. Ond erbyn hynny yr oedd y saim yn poeri i bob man ac felly dyma dywallt y cwbwl lot ohonyn nhw i'r badall a mynd ati i osod y bwrdd.

Yr oeddwn i'n meddwl y byddai dynion oedd wedi cael potas pys bob dydd Sadwrn ers blynyddoedd yn gwirioni ar tsips. Byddai cael tsips cystal â swae i'r dre, cystal â chael consart, cystal â thro i ffair ben tymor. Ac yr oedd Dorti mewn cytundeb llwyr â mi. Ond gadawsom nhw braidd yn rhy hir tra oeddem yn chwilio am y finag, ac erbyn i mi fynd ati i'w troi yr oeddent wedi cydiad yn y gwaelod. Yn ddu bitsh, a dweud y gwir. Ac yr oedd y rhai oedd wedi bod yn gorwedd ar dop y saim yn feddal ac yn llipa ac mor wyn â chroen eich tin.

Ond erbyn hynny yr oedd y dynion wedi dŵad i'r tŷ, ac eisio bwyd iddynt gael gorffen eu gwaith. A bu'n rhaid codi'r tsips iddynt fel yr oeddent, efo sleisen o gig oer. Bwytodd Seus nhw i gyd, achos nid oedd dim arall i'w gael ond brechdan. Ond fwytodd Edwart Dafis y nesa peth i ddim. Er tydw i ddim yn credu fod a wnelo hynny fawr â'r tsips chwaith.

Y cwbwl oedd ar ôl i Dorti a fi oedd y rhwtiwns rownd ymyl y badall, ac wrthi'n eu crafu, a'r badall ar y bwrdd rhyngom ni, yr oeddem pan ddaeth Margret a Miss Netta i mewn drwy'r drws. Mi neidiais i ar fy nhraed mewn dychryn, yn meddwl ein bod yn siŵr o andros o row gan un neu'r ddwy ohonynt, ond ni chymerodd y naill na'r llall yr un ffliwjan o sylw ohonom.

'Nefi drugaredd wen,' meddai Dorti wrth f'ymyl. 'Be sy wedi digwydd i Margret?'

Trois innau i sbio, a gweld fod y Hi yn hanner cario hanner llusgo Margret am y gadair freichiau, a bod golwg ofnadwy iawn ar Margret ni. Yr oedd ei hwyneb wedi chwyddo yn fawr a hances goch ganddi ar ei cheg a gwaed yn diferyd ohoni. A'i llygaid yn hanner caead ac yn agor a chau bob yn ail.

'Syrthio wnest ti?' gwaeddais arni. 'Be ddigwyddodd?'

'Na,' meddai Miss Netta mewn llais braidd yn grynedig. 'Mi fydd hi'n iawn yn y munud. Wedi cael tynnu ei dannedd y mae hi.'

'Tynnu 'i dannadd?'

'Felly y bydd gwragedd ifanc cydwybodol yn gwneud cyn priodi, i arbed cost a thrafferth i'w gwŷr yn nes ymlaen mewn bywyd.'

''I dannadd i gyd?' Yr oeddwn ar fy ngliniau o flaen Margret erbyn hyn, yn ceisio gweld drosof fy hun, ac yn gafael am ei phennau gliniau. 'Margret?'

'Dim ond y rhai gwaelod,' meddai Miss Netta wedyn. 'Thynna'r dentist gwanllyd yna ddim mwy. Mi gaiff fynd yn ei hôl eto i dynnu'r rhai top.'

'Na.' Allai Margret ddim dweud dim mwy na hynny, ond dywedodd gymaint â hynny yn hollol glir.

'Wel, mi aeth fy mam â fi pan oeddwn i'n llances â blys priodi. A fûm i ddim gwaeth.' Mor chwerw oedd ei llais hi, yn ddigon sur i godi beil mawr arnoch chi. 'Sbïwch.' Ac agorodd ei cheg a thynnu ei dannedd gosod allan a'u rhoi ar y bwrdd o'i blaen. Hen ddannedd afiach a bwyd wedi sticio rhyngddyn nhw. Agorodd ei hopran yn llydan wedyn i ni gael gweld y gyms. Yr oedd hi fel hen wrach ac oglau drwg ar ei gwynt.

'Na.'

Dyna pryd yr agorodd y drws cefn eto, ac y daeth Edwart Dafis i'r tŷ yn ddistaw bach. Mae'n siŵr fod y Hi wedi bygwth y noson cynt beth yr oedd am ei wneud, ac yntau a Margret yn gwrthod ei choelio. Ond rŵan yr oedd yn gweld y llanast â'i lygaid ei hun. Symudais i o'r ffordd wrth iddo nesu ati, a sylweddoli'r munud hwnnw mor ddall oeddwn i wedi bod i fethu gweld cynt mor ofnadwy oeddan nhw am ei gilydd. Daeth rhyw dawelwch drosti hi pan welodd o'n closio, fel petai hi'n gwybod ei bod hi'n sâff o'r diwadd. Tynnodd yntau ei gap a gwyrodd o'i blaen, heb gymryd dim mymryn o sylw o'r gocrotshan oedd yn dechrau tantro eto ar dop ei llais. Yn dyner iawn cymerodd yr hances ddiferol o law Margret a'i rhoi ym mhoced ei grysbas. Yna aeth ati i lyfu'r gwaed a'r dagrau yn araf bach ac yn dendar oddi ar ei hwyneb hi.

Bu'n rhaid i ni fynd i nôl Bodo Gwen at amser te, achos fedrem ni yn ein byw ag atal y gwaedu. Yr oedd y Hi wedi martsio drwodd i'w pharlwr a chau'r drws arni ei hun ers dwyawr a mwy, gan ein gadael ni ein tri i geisio cysuro Margret a thorri'r boen iddi. Ni allai ddioddef clwt oer yn agos at ei hwyneb na dim diod yn ei cheg a gwnâi hynny ein gwaith yn anodd dros ben. Edwart Dafis a ddywedodd yn y diwedd:

'Ewch i nôl Gwen. A dywedwch wrthi am alw Doctor Bodnant.'

Nid oedd angen dweud ddwywaith ac i ffwrdd â ni hynny fedrai ein traed ein cario ar draws y llwybr am y Persondy, cyn i'r nos gau amdanom. Y Person a ddaeth i'r drws fel o'r blaen, ond safai Bodo Gwen y tu ôl iddo yn y lobi, a phan welodd fi daeth yn ei blaen a gafael amdana i, ac wedyn am Dorti. Efallai ei bod yn teimlo y dylai hi fod wedi dŵad i roi tro amdanom ynghynt, ond ei bod yn anodd arni am fod Miss Netta acw. Y Person a gafodd ei hel i nôl y Doctor ac mi gawsom ni ein tair swatio wrth y tân i weitiad amdanynt.

Ac wedyn cawsom ninnau reid yn ôl yng nghar y doctor, a dyna'r tro cyntaf erioed i Dorti fod mewn car. Er ein bod ein dwy wedi stwffio yn y cefn, yr oedd yn braf cael reid felly, cau ein llygaid yn sownd, a'n teimlo ein hunain yn symud drwy'r tywyllwch a'r injan yn canu grwndi. Dywedodd Dorti ei bod hi am hel tomen o bres ar ôl iddi basio'n ditsiyr a phrynu car newydd swel i fynd â phawb o'i theulu (a fi) am dro.

Rhoddodd y Doctor injection i Margret i stopio'r gwaedu, ac injection arall i ladd y boen ac i wneud iddi gysgu. Dywedodd Bodo mai'r peth gorau fyddai iddi fynd yn ôl i'r Persondy efo hi, iddi gael ei nyrsio, a chytunai y Doctor. Yr oedd yn dweud y drefn yn arw am dynnu y dannedd, ac yn dweud mai anwariaid oedd yn gwneud pethau fel yna i ferched ifanc a ninnau yn yr ugeinfed ganrif.

Tra oedd y Doctor ac Edwart Dafis yn mynd â Margret i'r car, aeth Bodo Gwen drwodd i'r pasej ac mi clywn i hi'n cnocio'n uchel ar ddrws y parlwr pella. Ni chlywais yr 'Enter' yr oeddem ni wedi dŵad i arfer ag o erbyn hyn. Ond nid oedd hynny'n ddigon i stopio Bodo Gwen. Wedi'r cwbwl yr oedd y Gongol Felys wedi bod yn gartra iddi am bron i ugain mlynedd ac yr oedd wedi llnau y parlwr pella ddegau ar ddegau o weithiau yn ystod y cyfnod hwnnw. I mewn â hi a chau y drws yn sownd ar ei hôl, mwya'r piti. Byddai Dorti a minnau wedi rhoi y deyrnas am glywed y titsiyr ei hun yn cael y row orau gafodd hi yn ei bywyd erioed.

Daeth Edwart Dafis yn ei ôl i'r tŷ o dipyn i beth a'i grys gwyn yn waed i gyd. Eisteddodd efo ni wrth y bwrdd, a'i gap wedi ei blygu yn ei hanner yn ei ddwylo efo'r pig at i mewn, fel y bydd ganddo. Yr oeddwn i yn sylwi yng ngolau'r lamp fod ei wallt o yn britho hefyd. Cynigiais wneud te iddo fo, ond y cwbwl a ddaru o oedd codi ei law.

'Rydw i am bicio adra,' meddai, 'i weld Mam rhag ofn 'i bod hi'n poeni yn fy nghylch i, ac i nôl fy nillad. Mi ddo i yn f'ôl wedyn ac mi gysga i yma heno.'

'Be wnawn ni am ginio dydd Sul, Edwart Dafis?'

'Mae Gwen am ofyn i Mabel Parry, Tai'r Efail, ddŵad yma i roi help llaw efo corddi ac i wneud bwyd ac ati. A dim ond gobeithio y cawn ni afael ar rywun yn Ffair Bach ddydd Iau.'

'Ond mae gynnoch chi forwyn,' meddai Dorti. 'Fi.'

'Hogan wyt ti. Fydd Margret ddim yn medru gweithio am dipyn. Mae'n rhaid i ni gael rhywun i gadw cartra yma.'

Gwyddwn innau, beth bynnag arall oedd doniau Miss Netta yn athrawes a threfnydd a sarjiant major, nad oedd ganddi hi ddim syniad beth oedd cadw cartra. Efallai fod hynny am ei bod hi wedi bod yn byw yn nhŷ dynes arall am hanner ei hoes, yn cael ei bwyd wedi ei wneud ond heb gymaint â thebot i fedru gwneud paned o de iddi hi ei hun.

Ochneidiodd Edwart Dafis ar ôl dweud y truth yma achos yr oedd yn llawer mwy nag a gewch ganddo fel arfer, a rhoddodd ei ddwylo mawr garw am ei wyneb. Ac yr oedd y patsh bach moel ar dop ei ben i'w weld yn blaen wrth iddo fo wyro felly.

Fu Bodo Gwen ddim yn hir na ddaeth hi drwodd i'r gegin atom ni yn ei hôl. Mae'n siŵr ei bod hi'n poeni am Margret yng nghar y doctor ac am ei chael hi adra ac i'r gwely cyn gynted ag y medrai. Nid oeddem wedi clywed yr un o'r ddwy yn gweiddi yn y parlwr ond yr oeddwn i yn gwybod cystal â neb fod Bodo Gwen yn medru ei rhoid hi heb godi ei llais. Gofynnodd i ni a fyddem ni'n dwy yn iawn, a dyma ni'n dweud y byddem ni, achos doeddwn i ddim yn ffansïo cysgu yn yr hen Bersondy mawr yna. Wrth fynd allan rhoddodd ei llaw ar ysgwydd Edwart Dafis, dim ond am funud bach a dweud: 'Cofia di ddŵad heibio, Edwart, i edrach amdani.'

12

Yr unig beth a'n gyrrodd ni ein dwy allan i gysgu y noson honno oedd ofn y byddai y gocrotshan yn cripian o gwmpas y tŷ hyd yr oriau mân. Nid yw pawb yn altro eu ffyrdd ar ôl cael row neu byddai cansen Mr Cunningham yn yr ysgol fel newydd. Yn lle hynny y mae'n gorfod cael un newydd bob blwyddyn. Ond bu mwy o lapio na'r noson cynt hyd yn oed a chariodd Dorti bwcedaid o lo oedd wedi ei gosod tu allan i'r parlwr yn barod gan Margret ers y diwrnod cynt. Câi y ladi ddu fynd i nôl ei glo ei hun os oedd am beth y noson honno.

'Faint neith hi?' gofynnodd Dorti ar ôl i ni fod yn gorwedd fel dau bolyn yn ymyl ein gilydd am dipyn. 'Does yna ddim cysgu yn fy nghroen i, cofia. Yr hen fegin yn fy 'nghadw i'n effro.'

Sychais i mo 'ngheg wedyn cyn gofyn.

'Ddoi di am dro efo fi i Lwyn Piod ?'

'Rŵan? Duwcs, do i,' meddai Dorti fel petai codi o'i gwely gefn nos i fynd i drampio rownd y wlad y peth mwya naturiol yn y byd. Cododd ar ei heistedd a dechrau ymbalfalu am ei chôt oedd wrth droed y gwely a'u gwisgo hi dros ei choban.

Tŷ cerrig nobl oedd Llwyn Piod wrth droed y lôn a arweiniai i'r chwarel, ac er bod stiward ifanc wedi cymryd drosodd yn y gwaith ers blynyddoedd, mewn lodjin yr oedd o byth a Taid a Nan-nan yn dal eu gafael ar y lle. A doedden nhw ddim yn hanner byw yno, hyd yn oed erbyn hyn, dim ond sgwlffa fel llygod yn y gegin a'r siambar. Prin y bydda Nan-nan yn codi ar ôl y strôc ddwaetha, dim ond i gadair yn y llofft weithia, ac felly doedd dim gwahaniaeth iddi hi pa awr o'r dydd na'r nos y bydda rhywun yn cyrraedd yno.

Agor y drws cefn i adael y gath allan i'r oerni yr oedd Taid pan landion ni ein dwy wrth ddrws y cefn. Edrychodd yn hurt arnom achos roedd deufis da er iddo 'ngweld i ac roedd Dorti, wrth gwrs, yn ddiarth hollol iddo. Daeth golwg ddrwgdybus i ganlyn y syndod.

'Edith Jane,' meddai'n amheus. 'Ti'n hwyrol iawn.'

'A Dorti,' cyhoeddais. 'Hi ydi'r forwyn ers i Bodo Gwen adael.' Edrychais i fyw ei lygaid. 'I fynd yn gariad i'r Ficar.'

'Be sy arnat ti'r hogan wirion?' ffromodd. 'Paid ti â dechrau siarad fel'na yn y Llan, cofia, i neud sôn amdanoch chi.'

Edrychodd ar y ddwy ohonom wedi ein lapio fel nionod a'n cobenni yn mentro i'r golwg o dan ein cotiau. Dechreuodd Dorti besychu.

'Well i chi ddŵad i mewn i gael llefrith cynnas efo ni cyn troi am adra, rhag i chi gael oerfel.'

'Wel ia,' prepiais inna eto, 'yn enwedig a ninna'n cysgu yn y gegin allan 'na 'tê.'

Cymerodd Taid arno nad oedd wedi clywed a'i fod yn sbio lle'r oedd yn rhoi ei draed rhag iddo lithro ar rew anweledig, ond roedd wedi clywed yn iawn, dyffeia i o. Ond fedrai o ddim ffugio syndod achos mi wyddai'n barod, yn gwyddai, diolch i Siani. Gwybod hefyd pwy oedd wedi ein rhoi ni yno.

Y munud yr oedd dros y trothwy tynnodd Dorti ei het a mynd ati i estyn cwpanau a soseri a'u rhoi efo'r ddwy oedd ar yr hambwrdd yn barod, yn union fel petai hi adra. Mae'n siŵr ei bod yn braf cael gwneud rhywbeth mor gyffredin â hwylio llestri at banad ar ôl holl styrbans y dydd. Tywalltodd fwy o lefrith am ben yr hyn oedd yn y sosban yn barod a'i wylio rhag iddo ferwi drosodd. Unwaith roedd hi a'i chefn atom ni, yn chwilio am y siwgr yn y cwpwrdd gwydr, dyma fi'n dechrau wedyn, dan fy ngwynt, achos mi wyddwn o'r gorau nad ydi strôcs Nan-nan wedi dweud dim ar ei chlyw hi.

'Pam roesoch chi bres i Tomi ni fynd i Mericia?' Roeddwn i wedi dal am ddyddiau a dyddiau cyn gofyn ac fe ddaeth allan yn un chwydfa sydyn. 'A Nhad newydd fynd rownd yr Horn ac ella na welwn ni mono fo am dros flwyddyn?'

Gallwn weld meddwl Taid yn sgrialu drwy'r posibiliadau cyn ateb.

'Mi fydd 'na bres i Margret a chditha hefyd, sti,' atebodd yn gloff yn y diwedd. 'Dydan ni ddim wedi anghofio amdanach chi. Mi gewch chitha eich pumpunt!' A chwarddodd yn nerfus.

Gan fod yr hambwrdd yn barod gan Dorti, amneidiodd Taid i gyfeiriad drws cilagored y siambar, ac aeth hithau drwodd yno ar ei hunion, gyda chnoc fach daclus ac 'Www' i'w chyflwyno ei hun.

Trodd Taid yn ôl i'm hwynebu i wedyn a dweud gyda rhyw argyhoeddiad mawr:

'Mi fydda 'na lawer o hogia o'r pen yma'n arfar mynd, sti, blynyddoedd a fu, aros am flwyddyn neu ddwy a hel tocyn bach taclus yno. Ambell un hiraeth garw am adra, ond fel un na chafodd erioed godi ei bac, hiraeth am gael mynd fydda arna i.'

Ac er bod gen i ateb siarp arall yn cosi ar flaen fy nhafod, cau fy ngheg wnes a'i ddilyn yn ufudd i'r siambar at y ddwy arall.

Pan gerddais i i mewn, be welais i ond Dorti a'i braich gref am Nan-nan, yn dal y gwpan llefrith cynnas wrth ei gwefusau iddi gael sipian. Roedd un ochor i'w cheg yn tynnu at i lawr a Dorti'n dabian hancas i ddal y glafoerion. Roedd Dorti i'w gweld yn rêl nyrs, ac mi deimlais i ryw dro annifyr yn fy mol wrth sbio arnyn nhw. Gwenwyn oedd o, dwi dest yn siŵr.

Roedd Taid yn sefyll yno a'i ben ar un ochor yn dotio at y pictiwr. 'Wel, yn y wir,' meddai o'r diwedd. 'Y ferch na chafodd hi erioed.'

Wel, os oedd o'n meddwl 'mod i'n mynd i adael i honna fynd heibio heb ateb yn ôl, roedd o ymhell iawn o'i le.

'Be am Mam?' harthiais yn hyll.

'Gwnïo ac ati oedd 'i phetha hi, wsti,' meddai'n ddigon rhesymol. 'Er mae'n siŵr y basa hi wedi troi'n ôl i'n hymgeleddu ni yn ein henaint, tasa hi wedi cael byw.'

'Ac Anti Netta?'

'Netta?' Edrychodd Taid i gyfeiriad Nan-nan. Roedd yr ymdrech o yfed y llefrith wedi mynd â'i holl nerth a gorweddai ar y glustog a phlethen ei gwallt fel hen gagal o gynffon denau. Wn i ddim a oedd hi'n clustfeinio arnom ni ond y fersiwn swyddogol o hanes yr hyn ddigwyddodd – wedi ei sensro – gefais i. Mae'n siŵr fod Taid wedi ei glywed, a'i adrodd yn ôl fel pader ers chwarter canrif.

'Roeddan ni wedi credu i roi coleg i dy Anti Netta mewn cyfnod pan mai anaml iawn roedd genod ifanc yn pasio'n ditsiyrs, ysti. Er mod i'n stiward, mi fuo'n rhaid byw yn reit ffordddiol am y tair blynedd y buo hi yn y *college*. Ond roeddan ni ar ben ein digon pan basiodd hi, a chael lle yn rhoi *English* a *French* yn y *County School*.'

'Lodjio yn y dre oedd hi?'

'Ia, yn ystod yr wythnos ac adra yma wedyn dros y Sul. Ond O! mi gawson ni'n siomi'n ofnadwy iawn, a ninna wedi, wel wedi . . .'

'Abeffu.' O'r gwely y daeth y llef fyngus.

'Ia, aberthu, fel y buasa hi yma'n gefn i ni mewn adfyd a henaint. Roedd hynny'n deg, roedd ganddon ni hawl i ddisgwyl hynny.'

Arhosodd Taid i gael ei wynt ato am funud cyn mynd ymlaen â'r hanes.

'Ond mi aeth i ganlyn yn glòs efo rhyw fachgen ifanc ymhen dim o dro, a phawb yn siarad am y peth, o fewn blwyddyn iddi ddechrau yn y Cownti. Ac mi wyddost na chaiff gwraig briod ddim dal swydd yn ysgolion y sir 'ma. A dyna lle'r oedd hi am daflu'r cyfan i ffwrdd ar ôl y fath ymdrech.'

'Am gariad?' mentrais. 'O, romantic!'

Ond yn amlwg, doedd Nan-nan ddim o'r un farn â fi. Ceisiai godi ar ei heistedd a deuai rhyw synau brefllyd o'i gwddf. Roedd hi wedi cynhyrfu drwyddi, a chan giledrych i'w chyfeiriad, trodd Taid ei gefn ati a thynnu'r stori i'w therfyn yn gyflym o dan ei wynt.

'Wel, mi rowd terfyn ar y garwriaeth. Mi fasa popeth wedi dŵad yn ôl i drefn gydag amser, dwi'n siŵr; wedi'r cwbwl nid hi oedd y gynta i'w rhieni sefyll rhyngddi a phriodi. Ond roedd balchder Netta wedi cael tolc go hegar. Mi roddodd 'i notis yn yr ysgol, heb sôn yr un gair wrthan ni, ac mi aeth i ffwrdd fel *governess*.'

'A dach chi rioed wedi ei gweld hi ers hynny?'

Ysgydwodd ei ben i'r naill ochor.

'Na llythyr na dim? Dim gair?'

Yn lle ateb y tro yma, croesodd Taid y siambar at y ddesg fach caead rholiog. Doedd dim clo arni. Agorodd hi a dyna ble'r oedd degau ar ddegau o amlenni heb eu hagor mewn llawysgrifen *copperplate* hardd.

'Nid dyna roeddan ni eisio,' oedd yr unig esboniad a gynigiodd, gan ysgrytian y mymryn lleiaf ar ei ysgwyddau crwm.

A finnau'n meddwl faint o weithia roedd yn rhaid i rywun ymddiheuro ac ymddiheuro ac ymddiheuro, cyn i'r ymddiheuriad hwnnw gael ei gofleidio.

Roedd Nan-nan wedi cau ei llygaid erbyn hyn ac wedi dechrau gwneud rhyw sŵn tuchan bach. Rhoddodd Dorti hi'n ôl i orwedd ar y gobennydd a thwtio'r dillad gwely o'i chwmpas hi. Edrychodd heibio i Taid arna i a gwneud rhyw wyneb llygada-mawr arna i, gystal â dweud: 'Heglwn ni hi rŵan.'

Aeth Taid at y gwely ar ei union i nôl yr hambwrdd (roedd hi wedi ei dreinio fo'n dda) a'r munud y cafodd ei gefn, bachodd Dorti un o'r fflyd amlenni o'r ddesg a'i daro yn daclus o'r golwg ym mhoced ei chôt. Ac roedd yna gymaint ohonyn nhw, a'r cwbwl heb eu hagor, pwy fyddai wedi ffeindio colli un bach?

'Ddowch chi i weld Anti Netta?' I Taid y gofynnais i wedi iddo ddŵad trwadd o'r siambar a mynd at y sinc i olchi'r cwpanau. A'i gefn atan ni roedd o. Gofyn yn ddistaw iawn wnes i, ond roedd yn rhaid i mi gael gofyn.

Throdd o ddim i ateb. Mae'n siŵr fod y geiriau wedi

dŵad trwyddo fo rywsut achos mi clywais i nhw'n glir fel grisial.

'Digon o waith.'

'Tyd, Idi. Awn ni rŵan.'

Gofalais adael Grwndi yn ôl i mewn drwy'r drws cefn wrth i ni fynd.

'Rhyw olwg dest â darfod oeddwn i'n gael arni,' meddai Dorti yn fwy wrthi hi ei hun nag wrtha i wrth i ni ei chychwyn hi o Lwyn Piod a'i dywyllwch yn ôl i'r pentref.

'Pwy?' meddwn i. 'Y gath?'

'Naci'r hurtan, dy nain.'

Roedd pobol wedi bod yn dweud fod Nan-nan ar ddarfod ers blynyddoedd, a finna wedi hen galedu i hynny, os oedd angen caledu hefyd. Ond doedd Dorti erioed wedi ei gweld hi o'r blaen ac felly roedd hi'n siŵr o weld golwg trengi arni. Neu felly roeddwn i'n rhesymu ar y pryd.

'Lle wneith hi rŵan?' gofynnodd Dorti gan sgwario pan gyrhaeddon ni'r Post. 'Fynwant? I ni gael gweld y bedd efo'r reilings crand droson ni'n hunain?'

Daeth y 'NA' allan o bendrafoedd fy ngwddw i'n rhywla. 'Adra ydi'n lle ni a chditha'n tagu gymaint,' ychwanegais wedyn. Roedd cymylau tewion, fel esgobion Bangor, wedi dechrau rowlio drwy'r awyr, ac yn cuddio'r lleuad am funudau ar y tro. Arwydd arall o'r dadmer oedd ar droed.

Ond roeddwn i wedi cofio hefyd am stori y byddai Bodo Gwen yn arfer ei dweud am ei thad yn dŵad adra gefn nos ar ôl bod yn caru dros y mynydd pan oedd o'n llefnyn. Mewn ardal arall yr oedd hynny, yn ymyl Cwm Gïach, ac yn yr haf, nid mis Ebrill. Wedi cymryd llwybr cwta adra drwy'r fynwent yr oedd o, pan ddisgynnodd ar fras gam i fedd gwag oedd wedi ei dorri at drannoeth.

Wyddwn i ddim a oedd yno fedd agored ym mynwent y pentre'r noson honno, a thebyg nad oedd achos daw pob newydd drwg mewn clocsiau, ac mi fasai rhywun yn siŵr o fod wedi dweud, ond doeddwn i ddim am ei mentro hi. Cofiwn Bodo Gwen yn dweud fel roedd o wedi malu ei ewinedd yn gyrbibion gwaedlyd wrth drio crafangio i fyny'r ochrau i ddringo allan. Pwtyn bach byr oedd o, mae'n debyg.

'Gin i le gwell,' broliais i godi blys arni. 'Rhwbath nad oes gin ti mono fo adra.' A gafaelais yn sownd yn ei braich, gan sodro ei phenelin yn saff o dan fy nghesail, a chyfeirio ein camau i lawr lôn yr odyn ac i'r traeth.

Sŵn y môr glywon ni gyntaf, yn llenwi'n clustiau ni, ac roedd o'n sŵn mor ddiarth i Dorti nes iddi sefyll yn ei hunfan, yn methu clandro be roedd o. 'Llanw,' meddwn i gan chwerthin, yn firi braf drwydda o weld mai fi oedd yn arwain am unwaith. Ar ben 'rallt mi ddoish i i stop, a chodi fy mraich dros ei hysgwydd i bwyntio.

'Mhen draw y stribyn ewyn hir yma,' dangosais efo fy mys, 'lle mae'r graig yn ddu na weli di moni dest a'r dŵr yn gorfod mynd rownd y gornal i Borth Llydan, craffa ac mi weli di hen gytia sgotwrs bach, coed dal rhaffa a rhwydi. Weli di?'

'Gwela.'

'I'r chwith rŵan, be weli di?'

'Ymmm, sgerbwd morfil?'

'Naci, yr het, hen goster wedi dryllio. 'I senna hi ydi dy sgerbwd morfil hi. Mi aeth ar y creigia mewn drycin fawr pan oeddwn i'n hogan bach. Roedd hi wedi cael gormod o gweir i fod yn werth ei thrwsio, ond maen nhw wedi'i defnyddio i gael darna i gychod eraill. Yli, dim ond un mast sy ar ôl. Weli di o ar 'i ochor? Ond mi allwn ni ddringo i lawr i'r howld. Mi fuo Tomi a fi yno ddiwadd yr ha' a ffrio mecryll yno a'u byta nhw efo'n bysadd. Mae o fel tŷ bach. Tyd. Ras!'

'Ras i ti!'

Ac wrth i ni redeg ar hyd y traeth, mi fuo'n rhaid i ni godi'n cobenni'n uchel a'u dal nhw'n dynn rhag i'r godrau wlychu, a'n cluniau ni'n dŵad i'r golwg yn wynnach na'r cobenni. Roeddem ni fel merlod mynydd yn ein cyffro. Heb rybudd, eisteddodd Dorti'n blwmp ar y tywod a dechrau tynnu ei hesgidiau a'i sanau. Ac er bod greddf a rheswm yn dweud ei bod hi'n llawer rhy oer i drochi, roeddwn inna'n tynnu fy rhai i ymhen dim ac yn sefyll uwch ei phen yn disgwyl iddi orffen.

Oerrr! Roedd o mor gynddeiriog o oer!!!

'Iesu gwyn!' gwaeddodd Dorti gan sboncio i drio cadw ei dau droed o afael y môr a'i grepach.

Sefyll fel delw wnes i, a gadael i donnau bach y godra fynd a dŵad dros fy fferau i, a dal a dal i ddioddef heb symud nes i'r llinell a wahanai'r cnawd oedd o dan y dŵr a'r cnawd oedd uwchlaw'r dŵr fynd i gosi'n annioddefol. Ond prin 'mod i'n teimlo 'nhraed erbyn hynny.

'Mae o'n dechra cnesu rŵan,' meddai Dorti oedd erbyn hyn yn brasgamu'n ôl a blaen drwy'r dŵr fel dynas ar grwsâd. 'O ydi,' mae o'n gynnas gynnas, mae o'n boeth boeth. Aargh! Mae o'n ferwedig!'

Allwn inna ddim dioddef dim mwy ac allan â fi, bachu'm hesgidiau a rhedeg nerth fy nhraed i gyfeiriad yr *Annabelle Jane* ar ben pella'r traeth. Mi glywn i Dorti'n chwythu wrth ddŵad hynny fedra hi ar f'ôl i. Gafaelodd yn fy mraich fel roeddem ni'n cyrraedd y llong, a 'ngwynt i'n fyr erbyn hynny.

'Rhaid i ni gymryd pwyll,' rhybuddiais. 'Ti'n clywad? Mae rhai o'r coed wedi pydru.'

'Pwyll. Ia, hwnnw.'

'Tyrd i fyny rŵan,' meddwn i dros f'ysgwydd gan grafangio i fyny i ben hen graig fawr ac o ben honno ar y dec. Roedd y coed yn llithrig o dan 'y nhraed. 'A chym ofal.'

Roedd ochor bellaf yr howld, lle bydden nhw'n arfer cario coed a glo a chopor a cherrig ithfaen ac ati wedi mynd yn sâl iawn – heli môr wedi bwyta'r lloriau, ac ambell un wedi tynnu styllan i fynd adra i'w thorri'n briciau tân pan fydda broc môr yn brin. Tynnais Dorti i lawr efo fi i'r stafall bach rhwng y ffocsl a'r pŵp lle bydda'r criw yn cysgu. Bach a chul oedd y ddau wely, y naill uwchben y llall, a finnau'n meddwl mae'n siŵr mai pethau bach tila oedd dynion stalwm.

Stwffiodd Dorti a finna i'r isa, Dorti i'r traed a finnau i'r pen. Roeddem ni'n dal i gario'n hesgidiau a'n sanau a rhoddodd Dorti ei thraed i gnesu yn f'arffed gynnas i. A finna'n gwneud yr un fath iddi hi.

'Criw bach iawn fydda ar y costers yma, sti,' dechreuais yn barod i gychwyn ar *repertoire* Tada o stracon am wrhydri ac angau gwlyb. 'Dim ond captan, mêt a hogyn. Mi fydda colledion yn amal.'

Ond doedd gan Dorti ddim awydd cael gwers Hanes neu Ddaearyddiaeth gen i. Estynnodd yr amlen o'i phoced a gwyro ymlaen i'w rhoi yn fy llaw nes fod oerni ei thraed yn gyrru drwydda i. Plethodd ei breichiau wedyn a phwyso'n ôl yn ddisgwylgar.

'Agor o.'

'Ond ddylan ni ddim, post i rywun arall ydi o.'

'Agor o, Idi, 'rhen goes, i ni gael mynd adra i'n gwlâu.'

A'r traed yn goglais fy mol nes codi chwerthin fel swigod drwydda i.

Nid oedd fawr o waith agor gan fod y gliw ar y sêl wedi sychu'n grimp. A pha syn, achos roedd yn flynyddoedd oed. Estynnias i mewn i nôl y llythyr a'i ymddiheuriad, ond yr unig beth oedd yno oedd tameidyn o bapur melyn. Ac arian papur.

'Do' weld.' Prin y gallech chi weld eich llaw gan mor dywyll oedd hi yn yr howld. Ond roedd gan Dorti flwch matsys yn ei phoced arall, erbyn gweld, ac estynnodd amdano rŵan. Doedd ganddi ddim diddordeb o gwbwl yn y nodyn, ond cymerodd y papur a'i astudio'n ofalus.

'Papur punt? Ond pam na fasan nhw wedi'i wario fo, neu 'i roid o yn y banc? Tydi hwn yn gyflog morwyn am wythnosa.'

'Well i ni 'i roid o'n ôl,' meddwn i, yn dechrau clywed lleisiau Margret a Bodo Gwen yn dwrdio yn 'y mhen i.

'I be? Does gynnyn nhw 'geinia o rai yr un fath yn y ddesg 'na heb 'u hagor. Gweitia di dan ddiwrnod y ffair. Mi fydd yna hen wario. India roc a minciag. Ac mi bryna i daffi a chwiaid i fynd adra i Mam.'

'W, na. Tydi hynna ddim yn iawn, fiw i ni.'

'Be arall wnawn ni efo fo? Well i ti hynny na'i fod o'n hel llwch yn Llwyn Piod.'

'Wn i,' meddwn i. 'Mi rown i o drwy ddrws y Ficrej ac mi gaiff y Ficar ei roi o yng nghasgliad y tlodion.'

'Wast o bres da, os ti'n gofyn i mi.'

Ond roedd y mater wedi ei setlo. Estynnais innau am fatsien arall i mi gael gweld beth oedd ar y nodyn. Nid oedd dim llawer o ysgrifen – dim ond y dyddiad, dros ddeng mlynedd yn ôl ar droad y ganrif, a'r geiriau:

Eich ufudd ferch
Netta

Aeth rhyw ias drwydda i wrth ddarllen y geiriau, nes 'mod i'n gryndod. Dyma Dorti'n rhoi'r papur punt yn ei phoced ac yna'n mynd ati i dylino 'nhraed gan eu rhwbio'n cgnïol rhwng ei dwylo morwyn cras. Yn araf bach, wrth iddi wthio'i bysedd rhwng bodiau 'nhraed, fesul un, mi glywn i'r teimlad yn dechrau dŵad yn ôl iddyn nhw a'r tywod yn llacio'i afael ar y cnawd ac yn disgyn i'w glin fcl siwgwr.

'Meddwl Dorti,' meddwn i, yn dechrau mynd i deimlo'n gysglyd braf. 'Mae'n ddigon posib y galla Tomi yn 'i stemar basio llong Nhad rywla ar y cefnfor mawr yna.'

'A tasa dy dad yn 'i weld o, mi fasa'n rhoi gwaedd ac yn rhedag i nôl clamp o rwyd dal morfil ac yn 'i thaflu hi â'i holl nerth i drio dal Tomi chi a dŵad â fo'n ôl adra.'

'O, na, mi fasa Tomi wedi nabod y llong o bell, mae o'n nabod pob llong o fan'ma i Nerpwl, dest, ac mi fasa wedi mynd i guddiad o'r golwg, yli.'

Distawrwydd wedyn, a'r ddwy ohonom ni'n meddwl. Dorti am Dyddyn Hen a'i drigolion, synnwn i ddim, a finnau am Tomi yn mochal o gyrraedd rhwyd Nhad yn rhywla ar fôr fy nychymyg.

'Gawn ni fynd i rywla ti'n meddwl, Dorti? I rywla efo'n gilydd? Mynd ar daith. Ni'n dwy?'

Edrychodd Dorti arna i'n rhyfedd am funud, rydw i'n cofio, fel petawn i'n rhywun hollol ddiarth iddi. Yna dyma hi'n gwthio 'nhraed yn ôl i mi, ac yn hawlio ei thraed ei hun i'w hailwisgo â'i sanau tamplyd, tyllog.

'Dengid fasan ni,' meddai hi. 'Lle bynnag fasan ni'n mynd. Does yna ddim byd sy'n saffach na hynny.'

'Fath â pawb arall felly,' atebais.

'Tyrd wir,' meddai Dorti gan straffaglio i godi ar ei thraed yn sydyn fel pe bai hi wedi colli pob amynedd. 'Dwi wedi corffio.' Dechreuodd besychu nes ei bod yn plygu yn ei hanner. 'Mi redan ni i fyny i'r ficrej, mi dara i'r papur punt 'ma drwy'r bocs llythyra ac adra â ni ar ein penna.'

'Ia wir,' cytunais, 'cyn i'r llanw ein dal ni'n dwy.'

Deffrowyd ni fore trannoeth gan gnoc fach ysgafn ar y drws. Rhedais innau i'w agor, yn gobeithio nad Seus oedd yno yn chwarae castiau, ond Mabel Parry oedd yno wedi cyrraedd ers oriau yn ôl ei golwg ac wedi bod yn helpu efo'r godro. Yr oedd wedi gwneud te i ni mewn cwpanau mawr, ond yr oedd yn prysur oeri a brysiais yn ôl i'r gwely a swatio efo Dorti i'w yfed.

'Bobol bach!' ebychodd Mrs Parry gan edrych o'i chwmpas. 'Be sy wedi dŵad iddi? Choeliwn i mo Edwart Dafis pan ddeudodd o ei bod hi wedi'ch rhoi chi yn fan'ma i gysgu.'

'Roedd gynnon ni danllwyth neithiwr,' meddai Dorti. 'Ond 'i fod o wedi diffodd ers oria.'

'Ond mi gewch yr oerfel. A wyddoch chi be ddigwyddodd . . .'

'Gwyddon,' meddwn ar ei thraws. 'Ac roedd Dorti yn tagu neithiwr,' meddwn innau. 'On'd oeddat? Yn dy frest ti roedd o. Roedd o'n dy sgrytian di i gyd.'

'Rydan ni wedi bod yn byw ac yn bod yma ers dyddia yn trio cael trefn cyn dŵad yma i gysgu echnos,' meddai Dorti. 'Dyna pryd y ces i o.'

'Yfwch y te yna ac wedyn dowch i'r tŷ i gnesu,' meddai'r wraig. 'Mi gei di driog cynnas at y peswch 'na.'

Gwraig weddw oedd Mabel Parry wedi colli ei gŵr ers blynyddoedd. Byddai yn golchi i hwn a'r llall ac yn mynd allan i weithio ambell dro. Nid oedd arni ddim ofn gwaith, na dim ofn ei wneud o ar y Sul chwaith. Ar ôl hwylio cinio a bwydo'r ieir a rhoi'r hancesi gwaedlyd yn wlych, dyma hi'n mynd i stydi Tada ac yn dechrau symud y dodrefn yno i glirio lle ar y mat a brynodd o yn Hong Kong rywdro, cyn iddo briodi.

'Ewch i nôl glo,' meddai. 'Mi wnawn ni dân ac mi gewch chi gysgu yma heno. Mi ddown ni â'r dillad gwlâu o'r gegin allan yma i'w heirio wedyn.'

'Ond,' meddai Dorti gan bwyntio i gyfeiriad drws y parlwr. 'Fydd hi ddim yn leicio.'

'Duw, waeth gen i amdani,' atebodd Mabel Parry. 'Roeddwn i efo hi yn 'r ysgol erstalwm. Tydw i'n malio'r un botwm corn ynddi, wel'di.'

'Ond be tasa hi'n dŵad i mewn yma ganol nos?' gofynnais i heb falio beth oedd ei hen hanes hi, 'a'n dychryn ni. Rydw i wedi ei gweld hi yma o'r blaen, yn sbio ar y llunia a ballu.'

Cerddodd Mabel Parry at y drws ac estyn y goriad ohono. Daliodd o i fyny o'i blaen.

'Clowch y drws. Mi a' inna â'r goriad sbâr i Gwen Ifans.'

13

Wrth edrych yn ôl rŵan o bellter dwy flynedd, y mae y tridiau-bedwar ar ôl y Sadwrn hwnnw pan aeth Miss Netta â Margret i'r dre i dynnu ei dannedd, fel rhyw ynys las a diogel ar siwrne uffernol. Yr oeddwn i wedi bod gymaint yn erbyn y drefn a phob arferiad ond daeth

Mabel Parry â threfn yn ôl i'r Gongol Felys, a dim ond ar ôl cael y drefn yn ôl y gallwn ei gwerthfawrogi. Ar ôl i Dorti a minnau helpu dipyn yn y bore caem ni ein dwy rwydd hynt i chwarae oxo a gwisgo amdanom a mynd am dro at yr *Annabelle Jane* a darllen *Cymru* i'n gilydd. Aethom i lawr at y llyn un diwrnod gan feddwl sglefrio, ond yr oedd wedi bod yn dadmer drwy'r bore. Gwelodd Edwart Dafis ni a'n siarsio nad oeddem ni ddim ar unrhyw gyfrif yn y byd i roi blaen troed ar y rhew.

Cwynai y ladi ddu gan ryw anhwylder ar ôl yr helynt fawr efo Margret a phenderfynodd ohirio dechrau'r ysgol – *Miss Netta's School for Young Ladies* – tan ddydd Iau yr wythnos honno. Eisio amser i sadio oedd hi, mae'n rhaid. Yr oedd Seus yn dal i gael ei alw i'r parlwr weithiau i fynd ar neges i'r pentref ond ni welsom ni ein dwy fawr ddim arni. Y diwrnod cyn i'r ysgol ddechrau daeth llythyr gan Tomi o Nerpwl i ddweud eu bod wedi cael llong, ac yr anfonai air ar ôl cyrraedd New York. Roedd o wedi ei bostio ers dyddiau, a dwn i ddim lle'r oedd o wedi bod mor hir cyn ein cyrraedd ni. Dyna pryd y daeth y llythyr efo'r enw a'r cyfeiriad wedi eu teipio i Miss Netta hefyd a fu'n gymaint o achos gwae.

Ond nid y hi oedd yr unig un oedd wedi bod yn cwyno. Pesychai Dorti o fore gwyn tan nos a thrwy y nos hefyd. Mae'n siŵr nad oedd golchi'n traed ar y traeth y noson honno wedi gwneud dim lles er y bydd rhai o'r hen bobol yn dweud na chewch chi byth annwyd o ddŵr y môr. Ond nid oedd y triog na'r ffisig annwyd na thropyn o frandi mewn dŵr poeth efo siwgr brown yn torri dim ar y pesychu diddiwedd. Dywedai Mabel Parry bob dydd y dylai hi fynd i weld y doctor ond mynnai Dorti y câi rhyw ffisig da ar stondin Jinnie Llandre yn y Ffair Bach. A doedd ganddi ddim pres i fynd at y doctor, na finnau ddim i'w roi iddi.

Mae'n rhaid fod Tada wedi trefnu efo Edwart Dafis fod Seus a phwy bynnag fyddai'r forwyn newydd yn cael eu talu at ddiwrnod Ffair Bach achos tra oeddem ni'n bwyta y swper yr oedd Mabel Parry wedi ei adael i ni nos Fercher estynnodd Edwart Dafis ei bwrs lledar ac estyn coron i Seus a hanner coron i Dorti. Dywedodd wrth y ddau am beidio â'i wario ar sothach ac yna cododd i fynd i newid, achos yr oedd yn mynd i weld Margret bob nos.

Nid oeddem ni wedi bod eto, am fod cymaint o olwg wedi bod arni yn chwydd a chleisiau byw, ond edrychem ymlaen at gael mynd ddydd Sul ar ôl 'r eglwys a chael cinio wedyn efo'r Person a Bodo. Dywedodd Dorti mai'r ffisig roedd hi am ei brynu efo'i phres, a rhywbeth i Margret ac i'w mham os byddai ganddi bres dros ben. Pan oedd Edwart Dafis ar fynd drwy'r drws, cofiais am *Emma* dlawd oedd wedi bod ar ben y cwpwrdd gwydr ers dydd Sul y Pasg ac euthum i ben y gadair i'w estyn a'i roi iddo i fynd i Margret.

Yr oedd peswch Dorti yn waeth y nos Fercher nag yr oedd wedi bod o gwbwl, a mcthwn yn glir â chysgu efo hi. Mae'n siŵr ei bod wedi ei chadw Hi'n effro hefyd achos mi glywn i sŵn ei thraed yn mynd a dŵad ar hyd y pasej ar brydiau. A cheisiodd agor y drws unwaith, rwyf yn berffaith siŵr, berfeddion nos. Ond yr oedd Dorti wedi 'morol ei gloi cyn dŵad ataf i i orwedd ar y mat Hong Kong o flaen y tân.

Daeth Mabel Parry i gnocio arnom yn fuan ar ôl iddi gyrraedd tua hanner awr wedi saith er mwyn i ni fod yn barod mewn pryd ar gyfer diwrnod cynta'r ysgol. Daeth â'r ffedogau gwynion yr oeddem i fod i'w gwisgo i ni wedi eu smwddio. Gwelodd yn syth ar olwg Dorti nad oedd hi ddim ffit i fynd i unrhyw ysgol, hyd yn oed un oedd yn gyfleus i fyny'r grisiau. Yr oedd hi'n llwyd fel lludw ac eto yr oedd gwres mawr arni. Ni fedrai gynnig bwyta nac uwd na brechdan fêl na dim. Edrychai Edwart Dafis a Mabel Parry ar ei gilydd ond ni ddywedwyd dim, o fewn ein clyw ni beth bynnag. Rhoddodd Mabel Parry glwt tamp ar ei thalcen i drio tynnu ei gwres i lawr, ond doedd ganddi ddim ffrwt i'w ddal yn ei le. Mi daliais i o iddi am dipyn.

Daeth cnocio mawr ar ddrws y ffrynt tua chwarter i naw. Gladys a Ceinwen ac Ellen Jane Llain oedd yna – y titsiyr wedi dweud wrthyn nhw am ddŵad i'r ffrynt, medden nhw. I fyny â ni ein pump i'r sgwlrwm a chwilio am ein byrddau. Er bod yr ystafell yn fawr nid oedd cymaint â hynny o le i droi yno achos yr oeddem wedi gorfod tynnu'r gwely mawr oddi wrth ei gilydd a'i roi yn erbyn y wal. Wâst o wely da. Yn ystod y dyddiau diwethaf yr oedd Miss Netta wedi rhoi mapiau a thonic sol ffa a'r wyddor i fyny ar y waliau.

Gwelsom fframiau gwnïo ac edafedd hefyd. O'r holl waith gwnïo yn y byd mi fydda i'n meddwl mai gwnïo samplar yw'r gwaith mwya di-fudd. Ac er cymaint o waith gwnïo wnaeth Mam, yn ddillad a chynfasau gwlâu a llieiniau bwrdd a chesys gobenyddion, does yma ddim un sampler o waith ei llaw. Gwaith dwylo segur yw samplar. Ond yr oedd yn amlwg ein bod ni ein pump yn mynd i fod yn gwnïo sampleri.

Dim cynt nag yr oeddem wedi eistedd yn barod wrth y byrddau nag y martsiodd Miss Netta i mewn gan gyfarth '*Good morning, ladies.*'

Yr oedd Dorti a minnau a Jane Ellen ddigon o gwmpas

ein pethau i ateb 'Good morning, Miss Netta,' ond edrychodd Gladys a Ceinwen yn syn ar ei gilydd ac edrych fel pe baent am ddechrau piffian chwerthin. Rhyw genod bach tila, di-ddweud oedden nhw fel siang a miang efo'i gilydd ym mhob man a dim modd cymryd atynt. Pan oedd un yn piffian, piffiai'r llall fel carreg ateb.

'Good morning, ladies,' meddai hi wedyn. *'We are going to recite the Lord's Prayer and then we shall learn the little verse which Dorothy is going to recite for us.'*

'Sgiws mi,' meddai Dorti gan godi ar ei thraed. 'Tydw i ddim yn dda, a dwi angen ffisig yn sobor. Gaf i orffen yn fuan heddiw i fynd i'r ffair i nôl ffisig, os gwelwch yn dda, Miss Netta?'

'Eliseus will bring it for you.'

'Mae o wedi cychwyn. Ac Edwart Dafis a Mabel Parry.'

'Well then, no. The chemist will make you up a mixture. Dorothy, please recite the verse for us.'

'I do not want to, Miss.'

'Dorothy, do as you are told and recite the verse for us now.'

'I have forget it.'

'You most certainly have not. Now do not disobey me.'

Yr oeddwn i'n gwylio Dorti, ac mi welais i ryw galedwch yn dod i'w llygaid gwyrdd ffeind wrth i Anti Netta ddal ati mor hegar a hithau'n sâl. Gan edrych yn syth o'i blaen, adroddodd:

'We march to our places with muck on our faces
*And pay **no** attention to all we are told*
For we know that forever both happy and clever
We'll make our own heaven of silver and gold.

'*What insolence in a child! Dorothy, leave the room. As of this moment, you are no longer a pupil at Miss Netta's School for Young Ladies.*'

'Wel thenciw, Miss Netta,' meddai Dorti gan godi a chychwyn allan. Yr oedd ffrwd bach denau o chwys yn rhedeg i lawr ochr ei thalcen.

Trodd Miss Netta at y tair arall oedd wedi ymuno â'i hysgol.

'*School is dismissed for today, ladies, as it is fair day,*' cyhoeddodd er syndod syfrdan i ni i gyd. '*I shall look forward to making your aquaintance in earnest at nine o'clock sharp tomorrow morning.*'

Mae'n siŵr fod her Dorti wedi ei styrbio hithau, achos yr oedd ei hwyneb wedi gwynnu a throdd ei chefn gan gymryd arni edrych drwy'r ffenest. Ond yr oedd digon o stumog gan Dorti er ei bod yn sâl. Cerddodd reit at ei hochor, ac yr oedd bron cyn daled â hi.

'Tydi hynna ddim yn deg,' meddai hi. 'A phwy eith ag Edith?'

'Neb,' meddai Miss Netta yn ffrom. 'Mae gen i waith i Edith. Ewch chitha i roi tro ar y llofftydd 'na i dalu am eich lle.'

'Dorti,' meddwn i wedi cael syniad ac yn rhedeg ati oddi wrth fy mwrdd. 'Mi ddaw Jane Ellen â'r ffisig i ti. Ydach chi'n mynd i'r ffair, Jane Ellen?'

'Ydan,' meddai. 'Dim ond Mam a Nhad a Defi oedd am fynd, ond mae'n siŵr y ca i fynd efo nhw rŵan. Ddown ni â'r ffisig i ti, Dorti.'

Yr oedd Dorti wedi cael pwl arall o besychu a bu am funud neu ddau nes y gallai ateb.

'Na,' meddai gan gychwyn o'r ystafell. Safodd yn y

drws, yn ddigon pell i fod yn ddiogel. 'Rhag ofn i ti ddŵad â'r ffisig rong. A phrun bynnag mi fydda i yn y ffair fy hun cyn cinio.'

Dewisodd y ladi ddu gymryd arni nad oedd wedi clywed, ac wrth i'r tair arall adael daliai i edrych draw drwy'r ffenest fel petai hi yn gweld rhywbeth ofnadwy o ddiddorol na welsai erioed o'r blaen.

Mi arhosais i ar ôl y lleill. Troi'n ôl wrth y drws ddaru mi, ond cadw'n llaw ar y bwlyn. Yn barod.

'Mae peswch fel yna yn medru troi'n niwmonia,' mentrais, 'a dyna pam roedd Dorti yn ateb yn ôl fel yna. Y gwres yn ei gwneud hi'n rhyfadd yn ei phen.'

'Mae hi'n rhyfadd yn ei phen prun bynnag, os ydach chi'n gofyn i mi.'

Edrychais ar gefn cul Anti Netta yn ei ffrog dywyll o'm blaen, a tharodd fy llygaid wedyn ar y wialen fedw oedd wedi ei gosod uwchben y lle tân. Roeddent i'w gweld yn ddigon pell oddi wrth ei gilydd i mi feiddio eto.

'Mi fuon ni'n Llwyn Piod y noson o'r blaen. Roedd Dorti'n meddwl fod Nan-nan yn wael. Yn ddigon gwael i farw.'

'Ac ers pryd mae gan Dorothy dystysgrif nyrs?'

'Ond mae hi'n nyrs wrth natur. Fuodd hi'n ffeind efo hi, yn ei swatio hi a'i dal hi yn 'i chesail iddi gael diod o lefrith cynnas.'

Eisteddodd Anti Netta'n glewt ar y gadair gefn uchel wrth ei hymyl a dechrau gwau ei dwylo trwy'i gilydd mewn rhyw hen ffordd galed, hegar oedd yn gwneud i mi feddwl am nadroedd yn ymgordeddu.

'A phan fydd hi farw,' ebychodd yn araf o'r diwedd, 'pan fydd fy mam i, eich nain chi farw, pryd bynnag y bydd hynny, gobeithio yr aiff yr hen syniada a rhagafarna a shiboletha felltith 'na sy wedi gwenwyno'n bywyda ni i'w chanlyn hi i'r bedd.'

Doeddwn i ddim yn deall dim ar hynna ac felly dyma fi'n trio gwenu. Er, roeddwn yn deall digon hefyd i wybod ei fod yn taflu o'r hanes roedd Taid wedi ei adrodd i mi a'r holl bentwr amlenni yna yn nesg bach caead rholiog Nan-nan.

'A dyna, ydach chi'n gweld, Edith, pam mae addysg yn bwysig, ac ysgol fel hon, hyd yn oed, unwaith y caiff 'i thraed odani, i waredu'r byd o hen syniada culion, garw sy'n gryfach na chariad . . .'

'Does yna ddim byd cryfach na chariad!'

'Cryfach na chariad rhiant at blentyn, neu lanc at lances, neu ddyn at ddynes.' Roedd ei llais hi'n glymau caled lond ei gwddw, a'i gwynt wedi mynd yn fyr. Roeddwn i'n taer obeithio na fuasai hi'n codi ei phen a syllu i'm llygada i achos doedd arna i ddim eisio gweld y briwiau'n llosgi yn ei llygaid hi.

'Gawn ni ailddechra fory,' cysurais hi braidd yn stiff. 'Ac ella y caiff Dorti ddŵad yn 'i hôl pan fydd hi'n well, a chitha wedi madda iddi.'

Edrych i lawr ar ei dwylo ddaru hi ar hynny, ac ailddechrau'r hen ymblethu cordeddus yna.

'Mae mor anodd i mi,' meddai hi'n fyngus o'r diwedd, 'am fy mod i wedi cael cymaint o niwed yn barod. *Damaged vessel. A shipwreck no less.*' Trodd i'r Gymraeg wedyn wrth gofio am helyntion y bore. 'Wn i ddim lle i ddechrau efo Dorothy, ar fy ngwir. Mae hi tu hwnt i 'ngafael i. Does dim amau 'i gallu hi, ond fedra i mo'i rheoli hi.' Bu'n dawel am ennyd cyn mynd yn ei blaen. '*Margaret has chosen love which sets her apart. Saved.*'

Cododd ei phen a gwenu arna i, rhyw wên a wnâi iddi edrych yn hen ac yn ifanc ar yr un pryd. 'Chi ydi'r gobaith, Edith. Rydach chi'n deall hynny, dwi'n meddwl. Os oes rhywbeth o werth yn mynd i ddod o hyn i gyd.'

Roeddwn i ar fin dweud wrthi fy mod i'n un ddi-lun iawn yn yr ysgol, na fedrwn i yn fy myw ddysgu *tables*, ac mai fi oedd y salaf am sbelio, ond wrth weld y wên drallodus honno, doedd gen i ddim calon i ddweud dim. Dim ond gwenu'n ôl orau medrwn i ar ei hwyneb claerwyn, stratshlyd, a'r olwg erfyniol ynddo, cyn dianc a 'nhraed yn clindarddach bob yn ris bob yn ris bob yn ris i lawr i seintwar y gegin.

Y gwaith roeddwn i wedi ei gael i lenwi munudau segur ganddi y diwrnod cynt oedd datod y peli edafedd mawr yr oedd hi wedi'i ddŵad efo hi, a'u hailrowlio'n beli bach hwylus ar gyfer y sampleri. Ac roeddwn yn ddigon balch o gael rhywbeth syrffedus felly i'w wneud ar ôl y fath styrbans. Mynd i'r gegin wneuthum i eistedd wrth y bwrdd achos yr oedd yno aroglau cig mochyn yn ffrwtian ac yr oedd hi'n gynnes braf. Ofynnais i ddim chwaith a gawn i fynd yno, dim ond mynd. Er, i bwy y gofynnwn i, ran hynny?

Pan fyddai Bodo Gwen yn llnau'r llofftydd erstalwm byddai wrthi am oriau bwygilydd. Byddai yn dechrau ar ôl cinio cynnar ac yn trio gorffen at y pump, pan fyddai'n amser mynd i gau a ballu. Felly prin y gallwn goelio fy nghlustiau pan glywais sŵn troed drom Dorti ar y grisiau ymhen cwta hanner awr. Wrth gwrs, roedd yr hogan yn rhy sâl i fod yn llnau a doedd dim math o reswm ei bod ar ei thraed o gwbwl. Mewn gwely y dylai hi fod nid yn codi llwch o dan rai. Daeth trwodd ataf, a sylwais y munud hwnnw fod y gwres oedd yn ei gwneud yn llwyd ynghynt wedi torri allan erbyn hyn, a'i bod yn wenfflam.

'Yli,' meddai hi. 'Be ydw i wedi'i gael yn ei tsiest a drôrs hi.'

Ar y bwrdd o'm blaen gosododd lun mewn ffrâm, llun o sowldiwr mewn iwnifform oedd o efo cap fflat a mwstásh bach, ond un taclusach nag Edwart Dafis. Mae'n siŵr mai rhyw *fancy man* iddi oedd hwn. Rhythais yn syfrdan oherwydd ni allwn ddychmygu pwy yn ei lawn bwyll allai fod eisio bod yn *fancy man* i'm modryb.

'Ac yli.'

Cerdyn oedd y nesa gyda llun lliw o fioledau a rhosys ar ei du blaen. Tu fewn yr oedd rhywun wedi ysgrifennu, mewn llawysgrifen gwafriog:

> *In remembrance of many wonderful hours in Wickstow Lodge. Sadly, all good things must come to an end.*
>
> *Fondest love*
> *Charles Fox-Glover xxxx'*

'Dos â nhw'n ôl, Dorti,' sibrydais yn daer. 'Does ganddon ni ddim hawl i fynd drwy'i phetha hi fel hyn. Mi eith yn lloerig.'

'A hon.' A sodrodd botel *gin* wag ar y bwrdd o'm blaen. 'Mi ro'n i'n ama ers tro. Mae brawd Mam yn gythraul amdano fo.'

'Fedri di ddim busnesu fel'na ym mhetha pobol. G'wilydd i ti, Dorti.' Ella fod ofn wedi gwneud fy llais yn gas, nid ofn drosta fi fy hun ond ofn i bethau fynd yn flêr eto. Ac er bod Dorti'n dŵad o glamp o deulu, a bod angen cadw trefn mae'n siŵr o bryd i'w gilydd, dydw i ddim yn meddwl ei bod hi erioed wedi caledu i gael row. Petawn i ond wedi meddwl, byddwn wedi cofio mai dyna achos chwalfa'r union fore hwnnw.

Ac roedd hi'n sâl, toedd, 'y mach i, yn sâl.

Ond mi cefais i hi'n ôl ganddi, o do, nes fy mod i'n drybowndian. Wn i ddim hyd y dydd hwn ai am y row chwaith, yntau ai am mai hogan oedd hithau o hyd na fedrai ddim peidio dweud.

'Ac mi roedd 'na lun arall,' meddai hi gan fynd i boced y ffedog wen startslyd ac estyn hen lun bach rhinclyd wedi brownio. 'Ella byddi di'n nabod y rhein.'

Gosododd y llun ar ben y pellenni edafedd a phwysais inna ymlaen i graffu arno.

Yr oedd yna ddau yn y llun. Tada oedd y dyn ifanc, mi nabodish i o ar unwaith achos mae yma lawer o luniau ohono'n ddyn ifanc wedi eu tynnu ar ddeciau llongau ac mewn porthladdoedd o yma i America. Ac mi gymerish i ar y cynta mai Mam oedd y ferch ifanc oedd yn gwenu'n serchus arno, ei braich am ei ysgwydd o a'i fraich ynta am ei chanol, a'r ddau mor llon eu golwg, ac wedi ymgolli yn ei gilydd. Wedi ei dynnu ar ryw bromenâd oedd y llun, achos roedd pier i'w weld yn y pellter a gwylan fôr uwch eu pennau.

'Dwi ddim wedi gweld hwn o'r blaen,' meddwn i maes o law.

'Naddo,' meddai Dorti, 'a rheswm da pam. Sbia di eto ar y ddynas 'na.'

Craffais innau a sylwi am y tro cynta ar siâp y geg a chrych y llygaid. Roedd gan Mam geg lydan a gwefusau llawn ond striben o geg fain oedd gan y ferch yn y llun. A llygaid cul, nid llygaid crwn siâp cnau almwn, fel Mam.

'Na,' cadarnhaodd Dorti. 'Nid dy fam ydi.'

'Ond mor debyg i Mam . . .'

'Mor debyg â dwy chwaer.'

'Ond Mam oedd 'i gariad o. Fy mam i.'

'Ia, wedyn 'tê.'

Roeddwn i'n hir iawn yn deall am fy mod i mor amharod i ddeall, heb sôn am dderbyn. O ran hynny, fu dim derbyn byth.

'Ond na!' llefais. 'Cheith hynny ddim bod. Cariad Mam oedd o. A, prun bynnag fasa Taid a Nan-nan byth bythoedd wedi gadael i Mam 'i briodi fo wedyn. Fasan nhw byth wedi madda.' Gwaeddwn ag argyhoeddiad, achos mi wyddwn i fod hynny'n wir.

'Na fasan,' cytunodd Dorti gan blygu ymlaen i syllu eto ar y llun. 'Os na fasa hi'n fater o wir raid.'

'Mater o wir raid?'

'Wel, gorfod priodi 'tê. Clywad Nain ac Anti Bessie Elin yn siarad yn caffi Beehive y diwrnod o'r blaen ddaru mi, ar ôl clywed fod eisio morwyn bach yma. Deud fod Margret wedi'i geni pan gyrhaeddodd dy dad adra o ryw fordaith i ben draw y byd ac yn ôl. Duwcs, waeth i ti befo erbyn hyn.'

'Plentyn siawns oedd Margret ni?'

Roedd hi fel petai'n dechrau difaru dweud, ac yn syllu heibio i mi erbyn hyn, trwy'r ffenest ar y cymylau'n dechrau crynhoi yn y gorllewin a fyddai'n dod â glaw mawr cyn trannoeth.

'Ond mi fasan wedi hen briodi, basan, a neb fawr callach heblaw fod dy dad yn San Ffransisco neu rywla a dim modd 'i gael o adra i briodi.'

Wrth sbio arni, mi allwn i weld Dorti'n blino o flaen fy llygaid; roedd hi'n symol, toedd, heb sôn am holl straen y bore, a bu'n rhaid iddi eistedd wrth ben y bwrdd a rhoi ei phen i lawr am dipyn. Fel arfer faswn i ddim wedi medru maddau heb roi o bach i'w boch gron goch hi, neu afael amdani yn glòs i'w chysuro a hithau'n sâl. Ond roedd hi wedi fy mrifo fi efo'i gwir a fedrwn i ddim twtsiad pen fy mys ynddi.

'Mi fasa'n well gen i beidio â gwybod,' meddwn i. 'Dos â'i phetha hi'n ôl, Dorti.'

'Dim peryg,' meddai Dorti. 'Dwi am gael gweld y gocrotshan â'i thin i fyny. Dos i hel 'y mhetha fi at ei gilydd a'u gadael nhw wrth ddrws y cefn ac wedyn dos i ddweud wrthi am ddŵad i lawr at y llyn.' Roedd hi'n fyr ei gwynt. 'Deud fod yna *surprise* iddi.'

'Sut fath o *surprise*?' gofynnais. O'm rhan fy hun roeddwn i wedi cael digon o *surprises* i bara oes gyfan.

'Un sodrith hitha. Dos.'

Lapiodd siôl am ei brest a mynd drwodd i'r pantri. Gallwn ei chlywed yn pesychu a'i brest yn gaeth. Yr oedd rhai o'r hancesi gwaedlyd ar ôl Margret yn dal yno'n wlych, a Mabel Parry yn dal i drio cael y staen allan. Gwasgodd Dorti y dŵr halen ohonynt, bachu stôl drithroed, ac ar ôl cuddio'r trysorau yr oedd wedi dod o hyd iddynt yn ofalus i mewn yn ei siôl, cododd ei llaw arnaf. Yna dal pum bys i fyny.

Dyma finna'n amneidio. Roedd golwg mor wyllt a phenderfynol arni hi pan ddaeth o'r pantri fel na feiddiwn wneud dim ond amneidio.

Ar ôl estyn ei chôt a'r dillad roedd hi wedi eu cael ar ôl Margret, a'u gadael wrth y drws cefn mi euthum i drwadd i'r lobi. Pum munud. Cerddais heibio i'r hen gist ac at ddrws y parlwr pella. Gwyliwn fysedd y cloc mawr a'i wyneb lleuad gyferbyn. Yr oedd yn tynnu at ddeg o'r gloch. Ar drawiad deg, byddwn yn cnocio ond yr oedd fy mhengliniau wedi dechrau cnocio yn ei gilydd ymhell cyn hynny. A phan ddaeth y trawiad cyntaf, cnocio a cherdded yn syth i mewn wneuthum i achos allwn i ddim diodde'r artaith o aros iddo daro deg.

Safai hi a'i chefn ataf o flaen y lle tân ond trodd fel sgriw pan glywodd sŵn annisgwyl tu cefn iddi. Sylwais fod ganddi wydriad llawn yn ei llaw. Roedd ei llygaid hi'n gwibio i'r naill ochor, ac am funud roedd hi fel petai ganddi ddim syniad pwy oeddwn i. Amheuaeth ddaeth yn gyntaf, ac wedyn drwgdybiaeth.

Mor fuan y diflannodd yr Anti Netta wahanol a fu'n agor ei chalon wrtha i yn y sgwlrwm awr fach gwta ynghynt.

'Mae yna *surprise* i chi i lawr wrth y llyn,' meddwn i gan wasgu 'ngwinedd i gledrau 'nwylo, 'ac eisio i chi ddŵad rŵan i weld.'

'Be felly?'

'O, chaf i ddim deud,' meddwn i a'r poer yn mynd yn sownd yn fy ngwddw gan ofn, 'neu fydd o ddim yn *surprise*.'

'Gwatsiwch chi'ch hunan os ydach chi'n gwneud rhyw lol, Edith,' rhybuddiodd gan estyn ei chlogyn crêp cwta du a chlymu ei bonet.

'Does gen i ddim syniad be ydi o,' atebais. 'Wir yr.'

Heb dorri gair wedyn arweiniais y ffordd o'r tŷ, drwy y ddôr, i lawr heibio'r gadlas yng nghefn yr iard ac ar hyd y lôn las at y llyn, a hithau wrth fy nghwt ac yn chwythu i lawr fy ngwddw. Gallwn glywed sodlau ei hesgidiau yn clecian ar ambell garreg ar yr iard ac yna roedd y gwellt glas yn garped o farrug gwyn a grensiai wrth i ni sangu arno. A theimlwn na allsai siwrna Tomi i Merica mewn *steerage* fod wedi bod dim hirach na'n taith ni ein dwy at y llyn.

Yr oedd y llyn, pan gyrhaeddom ato, yn sgeint o rew drosto a'r barrug dros nos wedi ei wynnu. Troediai ambell iâr ddŵr yn ddelicet drosto, a chywion i'w chanlyn erbyn hyn. Yr oedd hi'n ganol Ebrill a'r blagur tew sticlyd ar y coed sycamor yn addo gwanwyn yn fuan. Ond yn syth, tynnwyd ein llygaid ni ein dwy at rywbeth coch a safai ar ben pella'r llyn.

'Dewch i weld,' meddwn i. 'Dyna'r *surprise*.'

Nid oedd dim hanes o Dorti. Mae'n rhaid ei bod wedi penderfynu y byddai'n saffach iddi ddychmygu'r gocrotshan yn sglefrio a'i thin i fyny nag aros i'w gweld (os nad oedd hi'n cuddio o'r golwg yn rhywle a'i llaw ar ei cheg rhag iddi besychu). Ac wrth nesu gallwn innau weld pam. Dros y stôl drithroed yr oedd wedi ei chario o'r gegin yr oedd Dorti wedi gosod yr hancesi coch gwaedlyd. Edrychai fel allor fach bersonol. Ar yr hancesi, ble byddai'r arogldarth a'r plât arian a'r gostrel ar yr allor, yr oedd y botel *gin* wag, llun y sowldiwr yn ei ffrâm a'r cerdyn del a'r blodau fioled a rhosys arno. Blodau gwanwyn a haf.

Aeth y ladi ddu yn gynddeiriog yr eiliad y gwelodd nhw a rhedais yn ôl rhag iddi droi arnaf. Yr oedd yn sgrechian, ond yn Saesneg, ac ni allwn ddeall beth yr oedd yn ei ddweud. Dringodd yn drwsgwl i lawr dros y brwyn a'r prysgwydd ar y llyn a dechrau camu'n fras ar hyd y rhew i gyrraedd ei phethau. Yr oedd yn fore tawel, tawel, a gallwn glywed y rhew yn cracio dan ei phwysau. Yr oedd Dorti wedi cerdded arno o'i blaen hi y bore hwnnw, ac yr oedd pwysau da ynddi hi, ac efallai fod hynny wedi gwanhau y rhew. Llithrodd yn sydyn, am mai esgidiau gwadnau llyfn a wisgai, a disgyn nes bod clec yn diasbedain dros y wlad. Daeth gwaedd o boen ganddi.

'Dowch yn ôl,' anogais hi. 'Dowch yn ôl, Anti Netta.' Ond nid wyf yn credu ei bod wedi fy nghlywed o gwbwl. Ailgychwynnodd, ar ei phedwar yn awr, yn araf ond yn sicr a'i llygaid wedi eu serio ar yr allor oedd yn dal ei holl drysorau. Yr allor oedd ar y rhew simsan uwchlaw y ffynnon fyw ym mhen draw y llyn.

'Dowch yn ôl!'

Ond yr oedd ymhell iawn o'm clyw.

Dyna pryd y penderfynais i redeg yn ôl i'r iard i nôl rhyw bren neu ddarn o raff o'r stabal i'w thynnu allan os torrai'r rhew. Rhuthrais yn wyllt ar hyd y lôn las nes i'r cŵn oedd yn dŵad am dro i'n cwfwr droi a'i sgrialu hi. Edrychais yn y cwt yn gynta ond roedd yr unig raff yno'n rhy fawr ac yn rhy drom o lawer i mi ei chario. Roedd yno styllod hefyd, yn pwyso yn erbyn y wal, ar gyfer ffensio pan fyddai wedi dadmer ac yn haws eu cael i'r ddaear. Codais un ond roedd pwysau mawr ynddyn nhw – styllod derw oeddan nhw.

Ymlaen â fi'n wyllt i'r hoewal, lle byddwn yn cadw tatw a moron a rwdins, er nad oedd yno fawr ddim ar ôl ond hen datw wedi mynd yn sâl a thatw hadyd. Roedd yno sachau'n bentwr, ac mi es ati i roi cynnig ar glymu rhai yn ei gilydd ond roeddan nhw'n rhy drwchus ac yn rhy briddllyd i allu gwneud dim â nhw. Prin y gallwn i weld fy llaw o'm blaen.

Ac mi gododd mygdod mawr arna i o'r llwch nes fy mod i'n ymladd am fy ngwynt. Gallwn deimlo'r pridd bach coslyd yn treiddio i ben draw fy ngwddw ac yn 'cau gadael gwynt i mewn. A bu'n rhaid i mi fynd ar fy mhedwar yn fan'no yn y twllwch ac ymlafnio i drio cael fy ngwynt ata . . . Ond yn methu gwneud dim ond tuchan yn ddychrynllyd wrth ymgrafu am bob gwynt bychan. A sŵn fel sŵn cerrig ar draeth wrth i'r llanw eu llusgo allan yn dod o 'mrest i.

Gwynt araf i mewn . . . Anadl ara allan. Gwynt eto i mewn. Ac allaaan . . .

Ac am ba hydion y bûm i yno, fel anifail a dim ond y reddf i ddal i gymryd gwynt yn fy nghadw i, fedraf i ddim dweud, achos rhyw amser di-amser oedd o, amser a dim mesur arno.

Ac yna roedd Fflei yno, a'i thafod injia-roc pinc yn ymwthio drwy 'ngwallt gwyllt ac yn fy ngwep i, a'i gwynt yn felys, ac yn llyfu fy nhrwyn i'n gariadus ac yn fy hudo fi'n ôl i'r byd lle'r rydach chi'n medru anadlu'n ffri braf heb orfod ymlafnio am bob swigan fach o wynt gwerthfawr.

Ac mi fedrais i godi ar fy nhraed. Tu ôl i'r drws, gwelais bicwarch, a gwybod eto ar ba berwyl yr oeddwn i.

Erbyn i mi gyrraedd y llyn yn ôl, yr oeddwn yn rhy hwyr. Sefais a chodi fy llaw dros fy llygaid i chwilio amdani, achos yr oedd yr haul yn cryfhau o hyd ac yn fy nallu.

Ond nid oedd yno ddim hanes ohoni hi. Dim ond y botel wag a'r llun a'r cerdyn yn nofio ar wyneb y dŵr ble'r oedd yn rhew wedi chwalu a thalpiau bras o rew yn nofio uwchben y düwch. Dechreuais innau weiddi. Gweiddi a gweiddi ar Anti Netta i ddechrau ac yna ar Dorti ond heb gael ateb gan yr un o'r ddwy.

Doedd yno neb i fy ateb i'n ôl. Euthum ati i brocio'r picwarch o dan y dŵr. Yr unig ffordd y gallwn gyrraedd i lawr at y dŵr oedd trwy ddal fy ngafael mewn cangen o hen ddraenen ac yna 'ngollwng fy hun dros yr erchwyn i bysgota gan arswydo rhag beth a ddaliwn. Prociais amdani dan y rhew ond heb gael dim – dim cerpyn o gôt nac esgid na chnawd. Bûm yno mor hir nes i'r ieir dŵr ddŵad allan o'u cuddfannau, wedi colli eu swildod. Ond cofiwn rybudd Edwart Dafis a fentrais i ddim blaen troed ar y rhew fy hun.

Ar ôl tipyn, mi gerddais yn araf yn ôl i'r tŷ a mynd i'r llofft a'r parlwr a hel pethau 'Anti Netta' at ei gilydd. Mi cariais i nhw i gyd i'r gegin allan wedyn bob yn dipyn – y dillad a'r llyfrau a'i llythyrau hi a phob dim losgai, a gwneud tanllwyth na fu erioed ei debyg yn yr hen simdde fawr. Tywalltais ddigon o baraffîn dros y cwbl cyn tanio a sefyll wedyn yn ei wres nes na fedrwn i ddim dioddef dim mwy. Erbyn i mi orffen yr oedd y gegin allan yn gynnes ddigon i ryfeddu.

Ond yn ôl i'r gegin yr euthum i. Ac eistedd ar y setl yno yn disgwyl i rywun ddŵad adra ataf i.

Am wn i mai Mabel Parry oeddwn i'n disgwyl ei gweld yn dŵad dan ei phwn efo rhywbath at swpar a holl hanes y ffair. Ond pwy a gyrhaeddodd pan oedd hi'n dechrau twllu yn tuchan ar ôl cerddad cyn belled a'i gôt fawr yn agorad a dim hanes o gap na het am ei ben a hitha mor oer ond Taid.

Eisteddodd gyferbyn â mi, ac roeddwn i'n meddwl ar y cynta mai'r oerni oedd yn gwneud i'w lygada fo ddyfrio. Tynnodd ei het a'i gosod yn blwmp ar y bwrdd o'i flaen. O'r diwadd, dyma fo'n dweud:

'Mae dy Nan-nan wedi marw.'

Bu'n rhaid i mi fy nhynnu fy hun yn ôl ato fo o drobwll du a wnâi i bob dim arall deimlo'n gwbwl ddibwys. Mae'n siŵr fy mod wedi edrych arno'n hurt bost achos dechreuodd o'r dechrau eto wedyn.

'Mae dy Nan-nan wedi marw. Ro'n i wedi mynd i fyny

i'r chwaral am dro ar ôl cinio heddiw 'ma, wedi clywad yn y Post y byddan nhw'n tanio, wel'di. Cysgu'n braf oedd hi pan gychwynnis i, neu fasa'r un o 'nhraed i wedi cychwyn. Fuo mi ddim yno'n hir chwaith achos roedd hi'n rhy oer i sefyllian. Mi benderfynis 'i throi hi ar ôl tipyn. Mi ges i sgwrs efo'r hen stiward bach ifanc 'na; cwyno oedd o fod ordors i lawr.'

'Rywun ddaeth i ddeud wrthach chi, Taid?' gofynnais o'i weld yn dechrau petruso a'i wefl yn crynu. 'Fod Nannan wedi marw?' Doeddwn i ddim am ei weld yn dechrau crio, hen ddyn fel fo yn crio, a gwell oedd ei gadw ar drywydd ei stori.

'Cyrraedd adra, 'ngenath i, a drws y cefn 'cw yn llydan agorad. A drws y siambar yn agorad led y pen. A . . . a . . . a . . .'

'Nan-nan?'

'Yn farw yn 'i gwely. Pwy fuo acw, a be ddigwyddodd tra oeddwn i o'cw fedra i ddim deud wrthat ti. Beryg mai sioc lladdodd hi.'

'Roedd Dorti'n deud y noson blaen 'i bod hi'n bur wael.'

'Ac roedd rhywun wedi bod trwy betha acw. Lleidar i ti. A lleidar oedd yn ein nabod ni'n iawn. Gefn dydd gola mewn pentra bach gwledig. Lleidar a llofrudd.'

'Lleidar?'

'Roedd pob un o'r llythyra ddaeth acw gin Netta, ti'n cofio fi'n 'u dangos nhw i ti'r noson o'r blaen? Y rheini yn y ddesg bach rôl-top? Bob un wan jac ohonyn nhw wedi mynd, hogan.'

'A dim byd arall?'

'Dim byd arall fel y gallwn i weld. Roedd fy llyfr banc i a phob dim arall yn dal yno. Roedd pwy bynnag fuo acw yn gwybod amdanan ni, yn gwybod lle rydan ni'n arfer cadw petha pwysig ar hyd y blynyddoedd, yn gwybod lle i chwilio i ti. A dy Nan-nan bach di yn gorff yn y gwely.'

Ac erbyn hynny doedd dim byd y gallwn i ei ddweud i atal ei ddagrau.

Ar ffenast y gegin, gallwn glywed y glaw yn dechrau treshio.

A dyna fi wedi adrodd hanes yr hyn ddigwyddodd yma yn y Gongol Felys y gwanwyn hwnnw, dros ddwy flynedd yn ôl bellach. Yr oeddwn wedi gobeithio, trwy ddweud y cwbwl, y cawn ollyngdod. Ond dal i ddisgwyl yr ydw i. Ond yr wyf yn cofio fel y byddai Bodo Gwen yn dweud am y staes esgyrn morlo, ei bod yn dal i'w deimlo am yn hir ar ôl iddi ei dynnu, ac efallai mai felly y bydd efo mi hefyd, ac y bydd yr ymddatod yn araf bach, bach.

Y mae hi'n rhyfel erbyn hyn ers pythefnos. Fisoedd lawer yn ôl yr oedd Tada wedi prynu ticedi i ni fynd i Merica i weld Tomi achos doedd dim golwg fod Tomi am ddŵad adra i'n gweld ni. Brolio'i le a wnâi o ym mhob llythyr a dweud ei bod hi'n fyd da arno fo. Ac roedd Margret a Tada yn meddwl yn siŵr mai hiraeth amdano fo oedd yn fy nychu i ac y byddwn i'n altro drwyddaf ar ôl cael ei weld o eto. Ticedi oeddan nhw i fynd mewn llong fawr o'r enw *Ambassador* yn y *first class compartment* i New York. Llong ag injian fawr ynddi hefyd, nid llong hwyliau. Ond erbyn hyn y mae Tada wedi nogio ac yn dweud na fydd hi'n ddiogel ar y cefnfor rhag i un o longau'r gelyn ddod ar ein gwarthaf. Ddaw o ddim dros ei grogi a tydi o ddim yn fodlon i minnau fynd chwaith.

Ac rwyf wedi bod wrthi'n helpu Margret i fudo. Ar ôl i Nan-nan farw, fedrai Taid ddim aros munud ei hun yn Llwyn Piod, er i ni newid y cloeon a phob dim. Mi fuo yma efo ni am fisoedd, ond doedd o'n ymlyfu dim yma, ac roedd o dan draed a dweud y gwir, yn llyffanta rownd y tŷ a'r beudai fel rhyw adyn colledig. Pan ddaeth Tada adra, doedd na byw na marw ganddo fo nad awn i i gadw cartra i Taid yn Llwyn Piod. Ond nid âi'r un o fy nhraed i yno a sefais yn gadarn fel y graig ar hynny.

Y diwedd fu i Margret ddweud yr âi hi ac Edward Dafis yno ar ôl iddyn nhw briodi. Ymhen y mis y bydd hynny. Mae Margret wedi cael dannedd gosod erstalwm rŵan ac maen nhw'n ddel ddigon o sioe iddi, a fasach chi ddim yn gwybod fod dim wedi bod, ond pan fydd hadyn tomato neu ballu yn mynd odanynt yn hegar a hithau'n gorfod eu tynnu a'u rhoi o dan y feis. Y ffrog las sidan a wnaeth Mam a'r bonet i fatsio mae hi am eu gwisgo, meddai hi, er eu bod dipyn yn hen ffasiwn yn ôl fy meddwl i.

Ac yr oedd pethau'n dŵad i ryw fath o drefn, a Tada'n dweud y cawn i fod yn howscipar iddo fo, gan fod Mr Cunningham yn yr ysgol ac Anti Netta wedi methu gwneud sgolar ohona i, cyn iddi droi'n ôl mor ddisymwth am Birmingham a'n gadael ni ar y clwt. A minnau'n barod i fodloni ar hynny, achos feiddiwn i ddim troi fy nghefn ar y Gongol Felys a'i chyfrinach iasol. Yr oedd gen i waith gwarchod a'm clymai wrth y lle yma ar hyd fy holl oes.

Tan yr wythnos ddiwetha. Yr wythnos ddiwetha pan daflwyd carreg i lyn tawel ein bywyd sy'n bygwth fy moddi mewn ofn.

Dechreuodd y llythyrau gyrraedd eto. Nid wedi eu cyfeirio at Nan-nan a Taid yn Llwyn Piod ond yma. I mi. Ym mhob amlen y mae arian papur. Ac ar bob amlen y mae fy enw wedi ei ysgrifennu mewn llawysgrifen *copperplate* hardd – debyg i'r llawysgrifen ar y fflyd amlenni hynny a welais i yn y ddesg rôl-top fach yn Llwyn Piod.

Tebyg. Tebyg. Fel yna yr ydw i'n dweud wrtha i fy hun drosodd a throsodd. Dim ond tebyg.